KB148273

꿈과 희망을
나르는

해피
버스
데이

Happy
Bus
Day

해피 버스 데이

초판인쇄	2021년 10월 07일
초판발행	2021년 10월 14일

지은이	김병욱
발행인	조현수
펴낸곳	도서출판 더로드
마케팅	최관호
IT 마케팅	조용재
교정교열	권 표
디자인 디렉터	오종국 Design CREO

ADD	경기도 고양시 일산동구 백석2동 1301-2
	넥스빌오피스텔 704호
전화	031-925-5366~7
팩스	031-925-5368
이메일	provence70@naver.com
등록번호	제2015-000135호
등록	2015년 06월 18일

정가 16,800원
ISBN 979-11-6338-183-9 03810

꿈과 희망을
나르는

해피
버스
데이

Happy
Bus
Day

김병욱
지음

더로드
The Road Books

"승무원도 승객도 모두가 행복했으면 좋겠다"

Happy Bus Day 책 제목을 정하고 글을 쓰려니 2018년 부산의 동남여객 장림영업소 강의장에서 승무원들과 했던 약속이 떠오른다.

그동안 버스회사에서 강의하며 먹고 살았으니, 버스회사와 승무원들의 일과 삶을 담은 책 한 권을 꼭 쓰겠다고 약속을 했다. 그것도 2018년 안에 말이다.

약속은 했지만 책을 쓰는 일은 말처럼 쉽지 않았다.
강의 하면서 했던 말을 그때 그때 글로 적었다면 벌써 몇 권의 책을 썼을 것이다.
하지만 말을 다시 다듬어 글로 쓴다는 일은 쉬운 일이 아니었다.
말로 하는 것은 앞뒤 맥락이 조금 맞지 않아도 서로 얼굴 표정

읽어가며 이해가 가능하지만, 글은 잘 썼다고 생각해도 다시 읽어보면, 글의 흐름이 부자연스럽고 뜻이 잘 전달되지 않을 것 같아 다시쓰기를 반복해야하기 때문이다.

출판사와 2018년에 출간 계약을 했고, 주변에도 2018년에 책을 낼 거라고 이야기를 했다.
그럼에도 약속한 시점으로부터 2년도 더 지난 지금에서야 Happy Bus Day 를 출간하게 되었다.
완성도를 높인다는 핑계도 있었지만, 나의 게으름도 한몫 했다.
늦었지만 지금이라도 약속을 지킬 수 있어 다행이다.

이 책을 읽었으면 하는 대상은, 버스를 이용하는 모든 사람들이다.
그중에서도 버스 승무원들이 이 책을 꼭 읽었으면 좋겠다는 바람이 크다. 왜냐하면 승무원들의 입장을 전적으로 응원하는 마음으로 썼기 때문이다.
아울러 버스를 이용하는 승객들이 이 책을 읽었으면 좋겠다.
버스를 이용하다보면 친절한 승무원도 있고 불친철한 승무원도 있어 여러 민원이 발생되기도 하지만, 버스 승무원들이 운행 중 느끼는 고충과 애환을 조금이라도 알 수 있다면, 승무원의 입장을 이해할 수도 있겠다는 생각이 들기 때문이다.

이 글을 쓰다 보니 그동안 버스와 함께 했던 시간들과 동고동락
했던 많은 분들이 생각 난다.
그분들이 모두 이 책에 등장하는 사연의 주인공들이다.
우선 버스와 관련된 책을 쓰겠다는 약속을 하게 된 계기를 마련
해준 버스회사와 승무원들께 감사의 마음을 전한다.
버스 승무원들과 많은 대화를 나누며 현장을 이해할 수 있었고,
그들이 하는 말을 들어 주는 것만으로도 우리 마음 알아준다며
늘 환영해 주셨던 고마운 분들이다.

처음 인천에 방문했을 때 "김 이사 얼굴 보고 계약했어"라며 지
금도 전화를 드리면 반갑게 받아주시는 김태인 부지부장님, 나
의 영원한 스승이신 이상훈 전무님, 전화해서 뭘 물어봐도 자동
판매기처럼 즉각 답변해 주는 범일운수의 윤진구 부장님, 버스
업계에 대해 많은 것을 알 수 있도록 도움 주신 서울시 버스조
합의 이송우 실장님과 지금은 하늘나라에 가신 김회능 계장님,
부산시 버스조합의 김성준 팀장님과 부산 시민여객의 조철호
부장님 등 이루 헤아릴 수 없이 많은 분들의 도움으로 버스업계
에서 오랫동안 일을 할 수 있었다.

이분들이 없었다면 버스 업계의 강사 김병욱도 없었고, 지금의 이 책도 없었을 것이다.

더불어 가족과 지인분들께도 고마운 마음을 전하고 싶다.
허구한 날 출장을 다니며 집안일에 소홀했던 나를 용납해 준 아내 성혜영님과 아들 태양님에게 고마운 마음을 전한다.
책이 출간될 수 있도록 지지해주신 이미영 원장님, 이현수 이사님, 교정작업으로 도움주신 이아정 대표님과 박성연 대리님에게도 감사의 인사를 드린다.

이 책을 읽는 버스 승무원들이 행복해지길 바란다.
이 책을 읽는 버스 승객이 버스를 이용하며 행복해지길 바란다.

이 책이 나오기까지 나를 있게 하시고, 나의 삶을 주관하시는 살아계신 하나님께 감사드린다.

2021년 8월 무더운 날에...

지은이 김병욱

"오늘을 살아가는 우리 모두의 이야기"

흔히들 인생을 길에 비유하곤 합니다. 저마다 목적지는 다르지만 같은 길을 함께 달린다는 점에서, 저는 버스야말로 우리 삶의 탁월한 은유가 아닐까 생각합니다.

김병욱 소장은 근 20년 동안 시내버스 안전운행과 친절서비스 교육에 전념해온 사람입니다. 긴 세월 버스 승무원들과 함께 지내온 김병욱 소장은 그들의 삶과 애환을 가까이에서 지켜봐온 사람입니다. 현장에서의 고충도 잘 알고 있습니다. 그 누구보다 그들의 행복을 바라는 사람이기도 합니다.

버스 승무원들의 행복은 승객들의 안전을 위하는 마음에서 발아하고, 승객들의 행복은 그 마음에 친절하고 따뜻하게 응답하는 것에서 피어납니다. 그래서인지 그가 전하는 버스 승무원들의 이야기는 소통과 안전이라는 이 시대의 화두와도 무척 닿아 있습니다. 이 책에 실린 이야기가 마치 오늘을 살아가는 우리 모두의 이야기처럼 다가오는 이유입니다.

해피버스데이, 누군가의 탄생을 축하하는 그 말처럼 김병욱 소장님의 이 책이 독자 여러분들의 삶을 응원하는 선물이자 믿을 만한 길잡이가 되어줄 거라 믿습니다.

2021년 9월 24일

문화체육관광부 장관 · 국회의원 **황 희**

"더 많은 사람들에게 좋은 영향력으로 전파되길"

시내버스를 테마로 쓰여진 책을 보기 어려운데 '해피버스데이' 가 출간되어 시내버스에 대한 이해의 폭을 넓힐 수 있는 계기가 마련된 것에 감사한 마음을 전합니다.

시내버스는 늘 시민들의 삶과 밀접한 곳에 있었지만 주목을 받기 어려웠습니다.

'해피버스데이' 가 시내버스업에 종사하는 분들 뿐만 아니라 시내버스를 이용하는 승객들에게도 서로를 배려하며 안전하게 이용할 수 있는 대중의 사랑을 받는 행복한 버스가 되길 바라는 마음이 큽니다.

저자인 김병욱 소장은 2016년 부산에서 '행복버스 만들기' 프로젝트를 시작하면서 함께 했습니다.

저자의 강의를 들으면 지자체나 버스회사의 입장에만 치우치거나 승객들의 입장에서만 강요하는 서비스가 아닌 승무원들이

고개를 끄덕여 자발적으로 안전하고 친절한 운행습관을 갖도록 하는 힘이 있었다. 책의 내용에서도 이러한 저자의 열정이 읽혀집니다.

사실 '해피버스데이'라는 용어를 먼저 선점한 것은 부산이라 할 수 있습니다.
'~데이'라는 표현은 부산지역의 대표적인 표현방식입니다.
부산광역시와 버스운송사업조합에서는 2017년 시내버스 준공영제 10주년을 맞이해 실시했던 이벤트명이 '해피버스데이'였습니다.

책에서 강조하고 있는 것처럼 시내버스를 이용하는 승객들이 시내버스를 통해 행복해지길 바라는 마음이 큽니다. 더불어 승객만이 아니라 시내버스를 운행하는 승무원과 시내버스에 연관된 모든 분들이 행복해지길 바랍니다. '해피버스데이'가 더 많은 사람들에게 좋은 영향력으로 전파되길 기원하며 기쁨 마음으로 이 책을 추천합니다.

2021년 9월 24일

부산광역시버스운송사업조합 이사장 **성현도**

Contents
차례

Chapter 2 : 버스 승객

Chapter 3 : 버스 교육

Chapter 4 : 행복버스 이야기

저자가 만난 행복버스 승무원 ④
울산 : 대우여객 신주철 __ 322

버스 승무원은
버스를 운행해야 하는 육체노동에
승객들과 대면하며 겪는 감정노동을
겸하여 하는 직업입니다.

Happy Bus Day

Chapter
01

버스
승무원

01 : 신의 직장

서울의 모 버스회사에서 강의할 때의 일이다.

승무원 한 분이 영 심기가 좋지 않아 보이더니 급기야 거칠게 한마디를 던진다.

"아니 이거 해도 너무하는 거 아닙니까?"

"무슨 일 있습니까?" 내가 물었다.

"지금 교통사고 막자고 교육을 하는 겁니까? 사고 내자고 교육을 하는 겁니까?"

화가 많이 난 듯 불만족스러운 표정이 역력하다.

"어젯밤 마지막 탕 운행을 하고 집에 들어가니까 1시가 넘었고, 씻고 잠자리에 드니 2시를 훌쩍 넘겨 겨우 잠이 들었는데, 아침부터 교육받으러 나오라고 불러내면 이게 사고를 내자는 교육이지 막자는 교육입니까?"

따지듯이 말하는 승무원의 이야기를 듣는 데 공감이 되었다.

"그렇죠~ 오후에 근무하려면 오전에 쉬어야 하는데 어젯밤 늦

게까지 일을 하고 아침에 교육받으려니 피곤하시죠?" 하면서

"그래도 이왕 교육이 잡혀 있어 나오셨으니 교육을 잘 받으시고

오후에도 안전운행을 하셔야죠."라는 말로 상황을 수습하고 다

시 강의를 시작했다.

그런데 이날은 강의시간 내내 강사 두 명이 다른 주제로 번갈아

강의하는 것처럼 분위기가 어수선했다.   한 명의 강사는 물론

나다. 다른 한 명의 강사는 조금 전 나에게 항의를 했던 승무원

이었다.

시내버스 운행실태 점검에 대한 내용을 설명하면서

"우리 버스에 모니터링 요원이 탑승해 승무원들이 어떻게 운행

하는지 점검하고 있습니다. 점검에 적발되지 않도록 운행에 신

경을 써야 합니다." 했더니

"아니 왜 우리 버스기사를 감시하는 겁니까? 기분 나빠서 운행

못하겠네." 라고 되받아친다.

승객들에게 친절해야 한다고 이야기를 하면 '인사를 해도 받아주지도 않는 사람들에게 왜 친절해야 하느냐'

'배차간격을 잘 맞춰 운행하기 위해 앞뒤 차 동료들과 동료애를 발휘해야 한다' 고 이야기하면 '동료들이 아니라 웬수' 라고 말하는 등 강의를 진행하기가 어려울 정도로 사사건건 본인이 하고 싶을 말을 다 하며 교육장 분위기를 흔들어 놓았다.

처음엔 그럴수도 있겠거니 공감하는 마음으로 이해하려고도 했고, 나중엔 강의 분위기를 험하게 만들고 싶지 않아 그분과의 충돌을 회피했는데, 이대로는 강의를 지속할 수가 없겠다는 판단이 들어 강의를 중단했다.

그리고 강의를 방해하는 승무원에게 교육장에서 나가달라고 부탁했다. 물론 그분은 교육장 밖으로 나가지 않았다. 억지로 내보낼 수도 없는 상황이었다. 할 수 없이 조금 전까지 했던 내용을 접어두고 다른 주제로 강의를 이어갔다.

버스 승무원이라는 직업이 얼마나 귀중한지 우리의 직업이 얼마나 가치가 있는지에 대한 내용이었다.

대한민국의 취업난이 장난이 아니다.

현 대통령인 문재인 대통령이 2017년 5월 10일 취임하고서 1호로 결재를 한 것이 '일자리 위원회 설치 및 운영 방안' 이었으니 취업이 그만큼 어렵다는 이야기일 것이다.

발표되는 고용률에도 이견들이 있다. 고용률이 높아도 고용의 질이 높은지를 따져봐야 한다는 의견을 내기도 한다.

취업과 관련해 안 좋은 지표, 안 좋은 소식들이 즐비하다.

시내버스 승무원들의 상황은 어떤지 이야기하기 시작했다.

"대한민국에 취업과 관련해 회자되고 있는 가슴 아픈 유행어가 있습니다.

'이태백' 이십 대 태반이 백수다.

'삼팔선' 남북이 분단된 선 38선, 경력 단절되는 나이 38세.

'사오정' 45세가 되면 정년.

'오륙도' 56세까지 눈치 없이 직장에 붙어 있으면 도둑놈.

버스회사에 사오정 해당되나요?" "아니요"

"그럼 오륙도는 해당되나요?" "아니요"

"버스회사는 정년이 몇 살인가요?" "만 59세입니다"(질문했을 때의 정년은 만 59세였고 그 뒤 정년이 몇 차례 연장되어 63세까지 연장하는 것으로 합의하였다)

"자녀분들 키우시니 한 가지 물어보겠습니다. 요즘 자녀분들 대학 나오면 취직하기 쉽나요? 어렵나요?" "어렵습니다."

"그래서 자녀분들 대학 졸업하고 뭐해요?" "아르바이트하고, 유학 가고, 어학연수하고, 대학원 진학합니다."

"그래요. 취직이 안 되어 더 나은 학위 받으려고 대학원 가서 석사, 박사학위 받고, 외국에 나가 어학연수하고, 자격증 따고 스펙을 쌓습니다. 그렇게 하면 취직이 잘 되나요?"

"아니요. 그래도 취직 잘 안 됩니다."

"하나 더 물어보겠습니다. 혹시 버스회사에 입사할 때 석사학위나 박사 학위증 내신 분 있나요?"

황당하다는 듯 여기저기서 키득키득 웃음이 터져 나온다.

"우리가 버스회사에 입사할 때 회사에서 요구한 자격증 있죠? 두 가지 있을 겁니다."

"1종 대형 면허증과 버스운전 자격증이요."

"맞습니다. 버스회사에서 우리에게 입사 조건으로 요구한 자격증은 1종 대형 면허증과 버스운전 자격증 2가지입니다. 우리에게 어학실력을 요구하거나 학위를 요구하지 않습니다. 무슨 이야기인가요? 버스회사에서는 우리에게 입사 자격으로 요구한 것이 안전하게 운전할 수 있는 역량과 친절하게 운전할 수 있는 역량 2가지 밖에 없습니다."

잠시 쉬면서 회중들을 바라보니 동의한다는 눈빛을 보여준다.

"여기 근무하시는 승무원들의 99% 이상이 남성분들인데 대한민국에서 남자 나이 60세가 넘어서 전문직 종사자를 제외하고 할 수 있는 일이 뭐가 있겠습니까?"

"아파트 경비요."

"맞습니다. 여러가지 있겠으나 60세 이상 되시는 남성분들이 할 수 있는 일 중에 아파트 경비직을 들 수 있는데 아파트 경비하시는 분들 최저임금이 올라가면 마냥 좋아하던가요? 아니면 부담스러워 하던가요?"

"부담스러워 합니다. 일자리가 줄어든다고 걱정이 큽니다."

"그렇습니다. 이게 현실입니다. 아까 사오정도 해당 안 되고 오륙도도 해당 안 된다고 했는데 정년이 지나면 우리는 버스회사를 그만두어야 하나요?"

"아니요. 촉탁으로 근무를 할 수 있습니다."

"그래요? 언제까지 근무할 수 있습니까?"

"사람마다 다른데 건강이 허락되는 한 70세까지는 근무가 가능합니다."

"촉탁으로 근무하면 월급을 얼마나 주던가요? 정규직으로 있을 때의 반 정도 줍니까?"

"아니요. 국민연금을 안 떼기 때문에 오히려 더 받습니다."

(사실은 상여금에서 차이가 나기 때문에 더 받지는 않는다)

몇 가지 질문에 대해 답변을 하면서 새삼 버스 승무원이라고
하는 직업이 꽤 괜찮은 직업이라는 생각을 하는 것 같았다.

"그러니까 우리 중 한 사람이라도 그만두게 되어 한자리가
비게 되면 서로 그 자리에 들어오고 싶어 하고 누군가는 남
들보다 유리하게 입사하고 싶어 돈을 써서 입사하려고 하는
취업비리도 있는 것 아니겠습니까?"
"우리 주변에서 남들이 입사하고 싶어 하는 부러운 직장에
들어가면 무슨 직장에 들어갔다고 표현하던가요?" "꿈의
직장이요. 신의 직장이요."
"맞습니다. 모두 들어가고 싶어 하는 직장에 들어간 사람에
게 우리는 꿈의 직장, 신의 직장이라고 부릅니다. 지금 이
자리에 앉아 계신 분들은 누군가 돈을 써서라도 입사하고
싶어 하는 꿈의 직장, 신의 직장에 와 계신 겁니다. 맞습니
까?" 하고 물었더니 이구동성으로
"맞습니다." 하고 답변을 했다.
"자 그럼 옆에 있는 분에게 이렇게 한번 말씀해 주시겠습니
까? 신의 직장 다니신다면서요?" 하자 서로들 크게 웃으며
질문을 했다.
"신의 직장 다니신다면서요?"

사실 강의를 마치고 후회가 많이 되었다. 조금만 참고 강의할 걸 하는 아쉬운 생각 때문이었다. 이미 내 입을 통해 전달된 후여서, 조금은 자책하는 마음을 가지고 정리를 하고 있는데, 깜짝 놀라는 일이 벌어졌다. 지금까지 강의한 것 중에 가장 많은 승무원들이 찾아와 고맙다는 인사를 해 주신 것이다.

고맙다고 인사를 한 이유는 '우리도 우리의 직업을 그렇게 귀하게 여기지 않았는데 강사님이 우리의 직업을 귀하게, 높게 평가해 주었다' 는 것이다.

'신의 직장' 하면 연봉이 억대쯤 되고, 복지혜택도 좋고, 회사의 이름을 대면 누구나 '아! 그 회사' 할 정도는 되어야 한다고 생각할 수 있다.

남들은 부러워할 만한 대기업에 입사해도, 일하는 사람이 불행하면 높은 연봉에도 그만두는 사람이 있다.

내 생각에 신의 직장이란, 적성에 맞고, 급여가 안정적이며, 하는 일이 부끄럽지 않은 일이면 조건을 충분히 충족할 수 있다고 생각한다. 버스 승무원 스스로 자신에게 이야기해 주자. "신의 직장 다니신다면서요?"

02 : 상황이냐? 시각이냐?

버스 승무원을 대상으로 친절 서비스하기 어렵게 만드는 요인이 무엇인지 물으면, 여러 가지 환경적인 요인에 대해서도 답변을 하지만 빠지지 않고 나오는 대답이 인적 요인에 의한 것이다. 그중에서도 가장 감당이 안 되는 요인을 꼽으라면 무례한 승객에 의한 요인을 꼽는다.

상황적으로 힘든 부분은 나만 겪는 일이 아니고 입사를 할 때부터 각오한 일이기에 견딜 수 있다고 한다. 하지만 인적 요인에 의한 것은 다르다. 자신에게만 해당하는 일 같이 느껴지고 자존감에 상처를 주기 때문에 견디기가 힘들다.

무례한 승객 한두 명 응대하고 나면 기운이 다 빠지고 승객에게 친절하게 서비스를 하고 싶은 마음이 싹 사라진다고 한다. 내가 버스 승무원으로서 무례한 승객을 겪어보지는 않았지만, 짐작이 된다. 하지만 이 말에 전적으로 동의하기는 어렵다. 전적인 동의가 되려면 이와 같은 상황에서 모든 승무원이 불친절해져야 하는데 꼭 그렇지만은 않은 것 같다. 나는 비교적 여러 지역의 버스회사에 다니며 교육을 하는 편인데 어느 지역, 어느 회사를 막론하고 TV에 소개될 만한 친절한 승무원을 한두 명씩은 꼭 만나게 된다.

갑자기 이런 궁금증이 생겼다.

친절한 승무원은 다른 승무원보다 급여를 더 받을까?

친절한 승무원이 일상에서 버스 승무원이라고 자신을 소개 하면 사람들이 존경의 눈빛으로 바라봐 주기 때문일까?

혹시 친절한 승무원은 운행하는 상황이 남들보다 편한가?

아니면 친절한 승무원은 자신들의 친절함에 걸맞은 친절한 승객들만 태울까?

마지막으로 친절한 승무원들은 앞에서 이야기한 무례한 승객을 만나는 일이 없을까?

당연히 말이 안 되는 궁금증일 뿐이다.

그럼 어떤 이유에서 친절한 승무원이 될 수 있을까?

그것은 같은 상황일지라도 그 상황을 바라보는 시각이 다르기 때문이다.

힘든 상황을 만나거나 힘들게 하는 사람을 만났을 때 이것을 주관화하여 자신에게만 힘든 상황, 자신을 힘들게 하는 사람으로 받아들이면 해결이 쉽지 않다.

하지만 이를 객관화할 수 있다면 상황 자체는 힘들지만 어렵지 않게 받아들이고 상황을 긍정적으로 수습할 수 있다.

바둑에 반외팔목(盤外八目)이란 용어가 있다. '바둑판 밖에서 보면 8집이 유리하다'는 뜻인데 선수가 되어 바둑을 둘 때는 보이지 않는 수가 객관적이 되면 보이는데 이 수의 차이가 8집의 차이 정도는 된다는 뜻이다.

바둑이나 장기를 직접 둘 때보다는 옆에서 보면서 훈수를 둘 때 실력이 나아지는 것을 한 번씩은 경험해 보았을 것이다.

반외팔목은 바둑판 밖에서 수를 보는 것이 될 수도 있지만, 엄밀히 말하자면 바둑판 밖에서 자신을 바라보는 것이라 할 수 있다.

주관적인 상황에서의 객관화를 의미한다.

버스 승무원으로서 어려운 상황을 만나게 되었을 때도, 플레이어로서 상황을 주관적으로 받아들이면 극복하기가 어렵다. 하지만 내가 겪는 일이 아니라 버스 승무원이라면 누구나 겪게 되는 일이라고 생각할 수 있다면 생각보다 받아들이기가 어렵지 않다.

말이 쉬워 객관화이지 지금 본인이 겪고 있는 일이기에 그 상황에서 벗어나 제삼자의 시각으로 상황을 바라본다는 것은 쉽지 않은 일이다. 하지만 불가능하지는 않다.

버스 승무원과 승객은 버스라는 같은 공간 안에서 같은 일을 겪는 것처럼 보이지만 각자가 처한 상황이나 환경, 입장에 따라 같은 상황을 다르게 인식할 수 있다. 심지어는 승객들 사이에서도, 당사자와 주변에 있었던 승객들 사이에서도 견해 차이가 발생한다.

컵을 하나 주고 20명에게 컵을 그리라고 하면, 20개의 서로 다른 컵 그림이 그려진다. 서로 다른 컵이 아닌, 같은 컵을 보고 그린 것인데, 그리는 사람의 위치에 따라, 바라본 컵의 모양이 다르기 때문에 그들이 그리는 컵의 모양 또한 다르게 나타나는 것이다.

관점이 달라지면 해석이 달라지게 마련이다. 누구나 자신에게 유리한 방향으로 해석하기 쉽다.

철학자 사르트르는 인생을 B(birth)와 D(death) 사이의 C(choice)
라고 정의한 바 있다.
그렇다. 우리는 끊임없는 선택 속에서 살아간다.
그런데 우리가 지금 선택한 것이 나의 주관적인 생각에서의 선
택인지, 객관화한 선택인지에 대해서는 한 번쯤 생각해 볼 필요
가 있다.

바둑기사에게 반외팔목이 필요하다면 버스 승무원에게는 운외
팔목(運外八目)을 주문하고 싶다.
어떤 특별한 상황에서도 운전석에 앉아 있는 승무원의 입장에
서 잠시 벗어나 객관적으로 생각해 보고 선택을 하시기를....

03 : 평가받는 게 싫어요

신문을 보면 'OO 협회 선정 고객만족대상 OO 부문 6년 연속 최우수기업 선정'과 같은 각 분야의 수상내역이 등장한다.

대부분 대기업의 잔치인데 동일한 업종이나 서비스 분야에 진출한 대기업이 여러 곳이다 보니 대기업들도 경쟁이 치열한 가운데 스트레스가 많으리란 생각이 든다.

서울의 시내버스 회사는 준공영제 이후 정해진 운송원가를 서울시에서 지급받기 때문에 경영을 잘한다고 해서 크게 이익이 나거나 손해가 발생하지는 않는다. 정해진 운송원가 이외에 일부 차등 지급받는 것에는 경영 서비스 평가 등을 통해 받게 되는 인센티브와 잘못했을 때 받는 페널티가 있다.

연초에 시에서 버스회사를 평가하는 평가 기준이 제시되면, 버스회사는 1년 동안의 업무를 평가 기준에 맞춰 운영한다고 보아도 과언이 아니다.

버스회사의 운영 및 경영서비스를 평가하는 항목에는 여러 가지가 있다.
교통사고가 얼마나 자주 발생하는지를 평가를 하기도 하고, 전년 대비 연비의 증감률을 통해서 평가하기도 한다.
첫차 시간과 막차 시간 준수율을 평가 기준으로 삼기도 하고, 직원들 퇴직금을 얼마나 안전하게 적립하고 있는지도 평가의 대상이다.

여러 가지 평가항목 중 승무원들이 잘해야만 평가를 잘 받는 항목들이 있다.
앞에서 예를 들었던 교통사고와 관련된 부분과 배차 정시성, 첫차 막차 시간 준수율 등이 있는데 친절 서비스 항목과 관련해 가장 밀접하게 연관된 분야는 시내버스 서비스 만족도 분야와 버스 운행실태에 대한 항목이다.
시내버스 서비스 만족도 분야는 버스를 이용하는 승객들을 대상으로 진행된다. 승객들이 정류장에서 내릴 때 계량화된 설문지를 이용해 설문조사를 하는 방식으로 운영이 된다. 버스 운행실태 점검은 전문적으로 훈련을 받은 모니터링 요원이 버스에 승차해 운행실태를 체크리스트에 점검하는 방식으로 진행된다.

문제는 버스 승무원들의 태도와 반응이다. 서비스 만족도 조사나 운행실태 점검에 대한 교육을 시행하다 보면, 버스 운행이나 잘하도록 내버려 둘 것이지 피곤하게 평가를 하느냐는 이야기를 자주 듣게 된다.

이해가 된다. 평가받는 것을 누군들 좋아하겠는가? 평가결과가 좋게 나온다는 보장만 있어도 스트레스를 덜 받겠지만 평가결과가 어떻게 나올지를 알지 못하는 상황이다 보니, 평가결과와 상관없이 운행업무도 힘든데 누군가에게 감시당하는 것과 같은 평가가 유쾌한 일은 아닐 것이다.

그렇다면 한번 생각해보자

누구나 싫어할 만한 평가를 왜 하는 것일까?

그리고 평가는 나만 받는 것일까?

세상에 평가받지 않고 할 수 있는 일이 있을까?

그렇다면 평가를 왜 하는 것일까?

시내버스 서비스 만족도 조사는 전문 리서치 회사를 통해서 실시하고 결과보고서를 제출하는데 결과보고서의 앞부분에 평가하는 목적이 제시되어 있다.

첫째는 시내버스 업체 간 서비스 경쟁을 유도하여 전반적인 서비스 수준의 향상을 도모하는 것이고, 둘째는 조사 결과를 시내버스 회사 평가에 반영한다는 것인데, 전체 평가항목 중 수요자 즉, 버스 승객이 평가에 참여하는 유일한 수단이 서비스 만족도 조사이다.

셋째로는 시계열적 비교 진단을 통해 서비스 만족도의 추이를 보면서 서비스의 질적 개선을 이루겠다는 것이다.

결과적으로 서비스 만족도 지표를 개선함으로 승객이 버스를 행복하게 이용할 수 있도록 하는 것이 목적이라고 표현하고 있다.

평가하는 입장은 평가를 통해 서비스의 질적 개선을 이루어 버스를 이용하는 승객이 행복해질 수 있도록 하겠다는 것인데, 평가를 받는 입장에서는 우리를 괴롭게 하는 평가를 왜 하느냐는 것으로 입장이 갈린다.

그럼 버스 승무원만 부당하게 평가를 받는 것일까? 생각해 보았다.

이 세상에 평가를 받지 않는 사람은 아마 없을 거란 생각이 든다. 특히 업무의 현장에서는 더더욱. 일단 이 글을 쓰는 강사인 나도 평가를 받을까? 물론이다. 늘 평가를 받는다.

강의 중 학습자들로부터 평가를 받는다. 그리고 회사의 교육 담당자로부터 평가를 받는다.

문제는 평가 이후이다. 버스 승무원은 평가를 나쁘게 받게 되면 회사로부터 싫은 소리 듣는 정도로 끝나는 경우가 대부분이다. 그런데 강사는 나쁜 평가를 받으면 그것으로 끝이다. 다음에 잘 할 수 있는 기회가 주어지는 일이 쉽지 않은 일이기 때문이다.

우리나라의 최고 권력자인 대통령은 어떨까?

감히 대통령을 평가하는 것이 가당키나 한 일이냐고 생각할 수 있는데 높은 자리에 있는 사람의 경우의 평가는 혹독한 정도를 넘어 잔인하다 싶을 정도라고 감히 말할 수 있다.

대통령에 대한 평가는 매일 실시되며 주 단위로 각 여론조사 기관과 언론사마다 앞다퉈 평가결과를 발표한다. 평가결과가 매번 좋을 수만은 없다는 것은 우리 모두가 더 잘 알고 있는 현실이고 사실이다.

직장인들도 인사고과 평가를 받는데 과거에는 선임자가 후임자를 평가하는 방식이었다면 요즘은 선임자의 평가 말고도 동료끼리도 평가하고, 후임자가 선임자를 평가하는 등 다면적인 평가방식으로 바뀌고 있다.

이런 평가를 왜 하는 것일까?

강사에 대한 평가는 강사를 괴롭히기 위함이 목적이 아니라, 강사가 강의를 좀 더 잘하게 하기 위해, 그래서 학습자의 만족도를 높이고 교육 효과를 높이는 데 목적이 있다.

대통령을 평가하는 이유는 대통령을 흔들고 레임덕을 만들어 내기 위함이 아니고, 대통령의 정책이나 업무에 대한 평가를 함으로써 민심을 알고, 국정을 잘 운영해 주길 바라는 마음에서 국민의 소리를 전하는 것이다.

직원들에 대한 평가를 하는 이유도 평가를 통해 자신에 대한 평가 결과를 알고 대인관계나 업무능력을 향상시켜 회사에 도움이 되는 인재가 되게 하려는 목적이 있다.

그렇다면 버스 승무원에 대한 평가는 왜 하는지 답은 나와 있는 것 같다.

승무원을 괴롭히기 위한 목적이 아니다. 오히려 운행이라는 업무를 더 잘하게 함으로써 승객의 만족도를 높이고, 버스 승무원 또한 보람 있게 일할 수 있도록 하기 위함이다.

이 사실을 알게 된 이후에도 자신이 운행하는 버스에 모니터링 요원이 탑승해 승무원의 행동 하나하나를 모니터링하는 것이 유쾌하지 않을 수 있다. 하지만 불쾌하게 받아들일 필요는 없다. 다만 **평가를 왜 하는지 이해하고 좋은 평가를 받기 위해 노력하는 모습이면 좋겠다.**
평가를 편하게 받아들이고 평가 결과에 대한 책임감을 느끼고 시내버스를 운행한다면 자신의 업무에 대한 자부심도 상승할 수 있으며 평가 결과에 따른 개선을 통하여 좀 더 쾌적한 대중교통 문화를 만들어 갈 수 있을 것이다.

04 : 더 이상 버스 운전 못할 것 같아요

서울의 OO운수 승무원으로부터 전화가 왔다.

"강사님 여쭤볼 것이 있어서 전화했습니다."

"네, 말씀하세요."

"제가 버스 운전하면서 정차하고 있는데, 오른쪽 골목에서 오토바이가 과속으로 달려와서 버스에 부딪혀 오토바이 운전자가 죽었습니다. 저한테 과실이 있습니까?"

들어보니 승무원에게 과실이 있다고 보기 어려웠다. 하지만 전화한 승무원의 이야기만 듣고 과실이 '있다, 없다'를 판단하기에는 부담감이 있다.

사람들은 누구나 자신에게 유리하게 말하려고 하는 경향이 있어 교통사고 상담을 하면서 상담하는 사람의 말만 듣고 사고의 가해와 피해, 과실 비율 등을 이야기했다 뒤집힌 경험이 있다 보니 의식적으로 조심하게 된다.

"제가 들은 바에 의하면 과실이 딱히 없어 보이는데, 정확한 것은 블랙박스를 봐야 알 것 같습니다." 하고 답변을 하자
"아~ 네~ 구속이 되는 것은 아닌가 싶은데 딱히 물어볼 데가 없어 강사님께 물어봅니다."

그 뒤 여러 차례 전화해 궁금한 부분에 대해 통화했는데, 몇 차례 통화해 보니 승무원이 하는 말에서 진정성이 느껴졌고, 자신에게 유리하게 하려고 거짓말하는 사람은 아니겠다는 생각이 들어 내가 아는 한 성심껏 답변해 주었다.

어느 날 승무원으로부터 전화가 왔다.
"강사님 아무래도 저 앞으로 버스 운전 못 할 것 같아요."
승무원 과실이 없을 것 같았는데 다른 결론이 나온 것은 아닌가 하는 생각이 들었다.
"왜요? 과실이 나왔나요?"
"아닙니다. 저는 아무런 과실이 없는 것으로 확정판결 나왔습니다."

"그런데 왜 버스 운전을 못 하시겠다는 겁니까?" 하고 물었다.

"제가 운행하는 버스에 부딪혀 사람이 죽었잖아요. 그런데 어떻게 아무 일 없었다는 듯이 운전을 할 수가 있겠어요?"

예상하지 못했던 말이었다.

교통사고 상담을 오래 하다 보면 나도 내 모습에 깜짝 놀라는 경우가 생기기도 한다.

사망사고가 났다는 이야기를 들으면 사망하신 분 나이를 물어본다.

70세 이상 되신 노인이라고 하면 나도 모르게 '불행 중 다행이다' 하는 생각이 든다.

피해자에게 지급되는 보상비용을 따져 본 것이다.

사람을 하나의 인격체로 보는 것이 아니라 비용으로 환산해서 본 것이다.

사망사고 상담을 하는 승무원과의 대화를 통해서도 나는 승무원의 과실이 없으니 회사에도 부담이 덜 할 것이고 승무원은 예전처럼 아무 일 없던 것처럼 일을 할 수 있겠다는 생각만 했지 그 버스에 부딪혀 사람이 죽었다는 생각까지는 하지 못했다.

영화 타이타닉의 마지막 장면이 떠올랐다.

1912년 당시 세계 최대의 여객선인 타이타닉호는 빙산과의 충돌사고로 침몰하게 되는데 2,224명 탑승객 중 1,514명이 사망하는 초대형 사고가 발생한다.

영화는 타이타닉과 함께 침몰했을 것으로 추정되는, 전설적인 보석 호프 다이아몬드를 인양하기 위해 노력하는 인양팀의 시도로 시작된다. 물품 인양 중 누드 그림 한 장이 발견되었는데 주인공인 로즈가 소문으로만 듣던 호프 다이아몬드를 목에 걸고 있었다.

누드 그림의 주인공인 로즈가 살아있다는 것을 알게 되어 로즈를 인양선에 초대해, 할머니가 된 로즈에게 듣게 되는 이야기로 영화가 전개된다.

인양작업이 값비싼 보석 호프 다이아몬드를 찾는 것에 초점을 맞추고 있었는데, 로즈 할머니로부터 들은 이야기 속에서는 다이아몬드보다 값진 사람에 대한 이야기가 펼쳐진다.

모든 이야기를 마치고 주인공은 자신이 평생 가지고 있었던 보석을 바다에 버리게 되는데, 지금까지 그 보석을 찾으려 애쓰던 인양 책임자가 이런 말을 함으로 영화가 막을 내린다.

"타이타닉호에 '사람' 이 타고 있었다는 것을 나는 몰랐다."

그렇다. 타이타닉호에는 여러 가지 값비싼 물건들이 있었다.

그런데 타이타닉호에는 2,224명이 타고 있었고 구조된 710명의 승객 및 선원 이외에 대서양의 바다에서 숨진 1,514명의 소중한 인명이 있었다.

1,514명 중에는 부자도 있었고 가난한 사람도 있었다. 유명인도 있었고 남들에게 잘 알려지지 않은 사람들도 있었다.

하지만 분명한 것은 누군가의 아버지, 어머니가 있었고, 누군가의 자녀가 타고 있었고, 누군가의 형제, 자매가 있었다는 사실이다.

자신이 운행하는 버스에서 사람이 죽었다. 버스를 운행할 때마다 그 때의 일이 떠오르게 되면 승무원에게는 큰 트라우마가 될 것이다.

단지 과실이 있고 없고, 내가 그 일로 인해 징계를 받거나 피해를 보는 차원을 넘어서는 심리적이고 인간적인 문제가 있다는 것을 보지 못했다.

순간 유튜브에서 본 '어느 버스 기사 이야기'가 떠올랐다.

스웨덴에서 실제 있었던 일이라고 한다. 브레이크가 파열된 버스가 급한 내리막길을 가는데 갑자기 길 가운데서 놀고 있는 어린아이를 발견하게 된다.

그 아이를 치거나 핸들을 돌려 낭떠러지로 떨어질 수밖에 없는 상황에서, 버스 기사는 아이를 치고 버스에 타고 있는 승객들을 구하는 선택을 하게 된다.

아이를 희생시킴으로 자신들의 목숨은 건지게 되었지만, 아이에게 미안했는지 승객들은 아이를 희생시킨 운전기사를 향해 '어쩜 그럴 수 있느냐'며 비난한다. 한참을 흐느끼던 버스 기사의 이야기를 듣고 모두 입을 다물고 만다.

"여러분, 여러분을 살리기 위해 버스로 친, 저 아이는 하나밖에 없는 저의 아들입니다."

사고대상을 자신의 아들로 선택한, 버스 기사의 입장에서 생각을 해 보았다.

자신의 아들을 몰라봤을까?

아닐 것이다. 자기의 아들을 못 알아볼 리가 없다.

아들은 한 명이고 버스 안에 있는 승객은 여러 사람이니 큰 희생을 막기 위한 불가피한 선택이었다라고 어느 누가 말할수 있을까!

그렇다. 그렇게 간단하게 사람의 수로 비교할 수는 없을 것이다. 누구에게도 자기 아들(자녀)은 귀중하다. 흔히들 하는 표현과 같이 천하를 줘도 안 바꾸는 귀한 자녀인데, 남을 위해 자신의 자녀를 희생시키는 문제가 그리 간단하지만은 않을 것이다.

그렇다면 왜 그런 선택을 했을까?
당사자의 의견을 들어볼 수는 없지만, 그 입장이 되어서 생각을 해 보았다.
내 아이는 귀하다. 이 세상을 다 준다고 해도 바꿀 수 없을 만큼 더없이 소중하고 귀하다.
내 버스에는 사람들이 타고 있다. 이들도 귀한 사람들이다.
누군가에게 세상을 다 줘도 바꿀 수 없는 귀한 자녀이고, 누군가의 사랑하는 배우자이고, 누군가의 든든한 부모일 것이다.

다시 사고 상담을 했던 승무원의 이야기로 돌아가 보자.
시간이 지나 근무를 잘하고 있는지 궁금해 회사에 연락해 보았다.
근무하고 잘하고 있다는 소식을 전해준다. 다행이다.
이제부터는 자신에게도, 남에게도 고통스러웠던 사고로부터 자유로울 수 있기를 소망한다.
타인도, 나도, 모두 소중하니까.

05 : 국내에서 시차 적응하기

시내버스 승무원들의 근무방식은, 1일 2교대제와 전일제 근무방식으로 구분해 볼 수 있다.

1일 2교대제는 버스 1대를 2개의 근무조가 오전반과 오후반으로 나누어 근무하는 방식이고, 전일제 근무방식은 새벽 첫차 운행부터 저녁 막차 운행까지 한 사람의 승무원이 책임지고 운행하는 방식이다.

전일제 근무방식의 경우 통상적으로는 하루 운행하고 하루 쉬는 방식의 격일제 근무를 한다. 승무원의 수가 부족한 회사의 경우에는 이틀 운행하고 하루를 쉬는 복 격일제나, 3~4일 근무하고 하루나 이틀 정도를 쉬는 등의 복복 격일제 근무를 하는 경우가 있다.

지방의 시내버스 같은 경우에는 오전 5시 넘어서 운행을 시작하는 경우가 많지만, 대도시는 4시를 전후해 버스 운행이 시작되는 경우가 많아 하루를 더 일찍 시작하게 된다. 운행 종료 시간도 밤 12시가 넘어서 마치는 경우가 많아 하루의 마무리도 그만큼 늦어진다.

하루 종일 버스를 운행하는 전일제 근무의 경우, 승무원의 피로도는 상상을 초월할 정도로 높다. 새벽에 운행을 시작해 오후를 지나 저녁 늦은 시간까지 운행을 할 때는 눈을 뜨고 졸게 되는 위험한 운전상태에 빠질때도 있다.

전일제에 비해 피로도가 상대적으로 덜한 1일 2교대제 근무의 경우에도 피로도가 낮지 않다. 일반적인 직장인이라면 '9 to 6'라고 해서 9시 출근 6시 퇴근을 떠 올리는데 시내버스 승무원에게는 언감생심 상상할 수 없는 출퇴근 시간이다.

보통 1주일을 기준으로 한 주간은 오전 근무, 한 주간은 오후 근무를 하게 되는데, 오전 근무를 하는 경우 보통 4시 30분 정도면 운행이 시작된다. 4시 30분에 운행이 시작되려면 집과 회사가 가까운 승무원의 경우 3시 30분 정도에 일어나서 준비해야 하고, 집이 조금 먼 경우에는 3시를 전후해서 일어나야 한다. 다음 주가 되어 오후 근무를 하게 되면 저녁 12시가 넘어 운행을 마치고 퇴근하면 1시가 넘게 된다. 씻고 잠자리에 들면 새벽 2시가 되기 일쑤다.

한 주간은 새벽 3시 정도 일어나 하루를 시작하게 되고, 다음 주는 새벽 1시에서 2시 사이에 잠자리에 드는 고된 일상을 반복하고 있다.

승무원에게 강의하면서, 우리 승무원들은 해외에 나가지 않고도 국내에서 시차 적응을 해야 하는 분들이라고 하니 격하게 공감한다.

시내버스 승무원들에게 강의하면서 질문을 해 보았다.
"오전반 근무를 위해 새벽 3시~4시 사이에 일어나 출근하는 것을 좋아하시는 분이 있습니까?"
아무도 없다.

"오후반 근무를 마치고 새벽 1시쯤 퇴근해 2시에 잠자리에 드는 것을 좋아하시는 분이 있나요?"
역시 아무도 없다.

"그럼 여러분들은 왜 새벽같이 나오는 일을 하시나요? 왜 밤늦은 시간까지 근무하시나요?"

답변이 뻔한 질문이다.

먹고 살기 위해서...

"우리 버스 승무원들은 일주일은 오전반 근무 다음 일주일은 오후반 근무를 하니, 해외에 나가지도 않고 시차 적응해야 하는 직업 아닙니까?"

이렇게 질문을 하면 반응이 엇갈린다. 씁쓸한 현실 앞에서 쓴웃음을 짓는 경우도 있고 어떻게 우리 사정을 그렇게 잘 알고 있는지 모르겠다며 신기해하는 반응이다.

어찌되었든 강사가 자신들의 입장을 알아주었다고 고마워한다.

나의 상황을 생각해 봤다. 어쩌다 한 번 늦게 자거나, 아침에 일찍 일어나면 하루가 피곤하다. 지방강의를 가야 하는 날에는 혹시라도 늦게 일어날까 싶어 알람을 몇 번씩 맞춰 놓고도 불안해 몇 차례 자다 깨다를 반복하곤 한다.

버스 승무원이 늦게 일어나면 결행 사고가 발생한다.

순서대로 짜 놓은 배차가 꼬이는 것은 말할 것도 없다.

그래서 첫차(정확히 말하면 앞 순번이 맞겠다) 배차를 받으면 신경이 쓰여 깊은 잠을 자기가 어렵다.

일찍 일어나기 위해 이른 시간에 잠자리에 들어 보지만, 지난주까지 근무를 했던 그 시간에 잠이 들기란 여간 어려운 게 아니다.

앞에서도 언급했듯이 버스 승무원들이 일찍 일어나는 것을 좋아해서 새벽부터 일하는 것이 아니다. 물론 늦은 시간까지 일하는 것을 좋아하는 것도 아니다.
버스승무원들이 남들보다 먼저 움직이는 이유는 이들이 움직여야 남들이 움직일 수 있기 때문이다.

고(故) 노회찬 전 의원이 진보정의당 대표가 되어 수락 연설을 하면서 유명해진 6411번 버스가 있다. 노회찬 전 의원은 연설에서 구로구 가로수 공원에서 시작해 강남구 개포동까지 가는 이 버스는 새벽 4시에 출발하는데, 5분 간격으로 출발하는 첫차와 두 번째 차는 15분도 되지 않아 좌석은 물론 복도까지 승객으로 꽉 차는 진풍경이라고 했다. 특이한 것은 시내버스임에도 불구하고 고정석이 있는 것처럼 똑같은 정류소에서 똑같은 사람들이 타고 심지어는 앉는 좌석도 거의 똑같다고 한다.
이 버스에 타는 사람들은 5시 30분에 출근해서 남들이 출근하기 전에 빌딩 청소를 하는 분들이다.

노회찬 전 의원은 6411번 첫 버스를 타고 남들보다 먼저 출근해 청소하는 미화원들의 이야기를 하고 있지만, 나는 미화원들의 출근을 위해 그들을 목적지까지 데려다주는 일을 하는 버스 승무원의 이른 새벽의 삶이 있다는 이야기를 하고 싶다.

늦은 시간까지 일하고 집으로 향하는 사람들, 오랜만에 친구 만나 회포도 풀고 기분 좋게 귀가하는 사람들, 밤늦도록 공부하다 집으로 가는 지친 수험생들을 모두 안전하게 데려다 준 후에 퇴근하는 사람들이 버스 승무원들이다.

(우연의 일치인지 모르겠지만 '노회찬6411' 이란 다큐멘터리 영화가 이 책의 출간일인 2021년 10월 14일 개봉한다.)

승객들의 일상을 위해 누구보다도 일찍 깨어야 하고 밤 늦게까지 운행을 하는 것이 이들이 국내에서 시차 적응을 해야 하는 이유인 것이다.

●●● tip

여객자동차운수사업법상 휴식의 의무를 부여한 이유는 다수의 승객을 수송함에 있어 최상의 컨디션을 유지한 채 운전업무에 임할 수 있도록 한 것이다. 교대 근무로 인한 시차에 적응하기 위해서는 개인적인 루틴이 필요하다.

루틴(routine)은 특정한 작업을 실행하기 위한 일련의 명령을 뜻하는 단어로 통상적으로 규칙적으로 하는 일의 순서나 방법을 이야기할 때 사용한다.

06 : 친절한 버스 승무원님! 미안합니다

🚌

　　시내버스 승무원을 대상으로 친절 교육을 하면서 보람을 느끼는 경우가 대부분이지만 당황스러운 경험을 하게 되는 경우도 있다. 한 번은 새로운 교육내용을 모색하던 중 사내 우수사례를 발굴해 교육하는 방법을 생각해 냈다.

보통 친절 교육을 하면서 우수사례로 들거나 영상을 보여주는 경우가 방송에서 다뤘던 것들이라 중복적으로 사용되는 경우도 많고, 자신들과 연관된 사람이 아니다 보니 자극을 덜 받는 것 같다는 생각이 들어 회사에 친절한 승무원을 추천받아 그분이 운행하는 버스를 타면서 동영상 촬영도 하고 인터뷰도 해서 강의 때 사용한 것이다.

솔직히 파급력이 클 것이라 기대를 했다.

똑같은 급여를 받고 똑같은 대우를 받으면서도 남과 다르게 일하는 동료의 모습이 자극될 것이라 생각했는데, 결과는 엉뚱한 방향으로 나왔다.

얼마 후 그 승무원의 얼굴이 보이지 않는 것이다.
버스회사에 물어봤더니 개인적인 사정이 생겨 그만 두었다고 했다.
친절했던 승무원 한 분이 그만 두었다니 그저 안타까운 마음이 들면서도 시간이 지나 잊게 되었다.
그런데 6개월쯤 지나, 다른 회사 교육을 하러 갔다 그분을 만났다.
너무나도 반가워 언제 이 회사로 옮겼는지 물어보며 친절 승무원에게서 들은 이야기는 정말 충격적이었다.
교육 때 그분의 영상이 소개되고 나서, 동료들로부터 견디기 힘든 괴롭힘을 당해 그만두게 되었다는 것이다.
모범이 되는 승무원이 괴롭힘 당할 일이 뭐가 있나 궁금했다.

"너 혼자 잘났나?"
친절 승무원을 바라보는 동료들의 시선이 곱지 않았다. 하지만 친절 승무원은 이렇게 이야기한다.

"저는 우리 회사가 정말 고마웠어요. 특별한 기술이 있는 것도 아닌 나에게 일자리를 주고, 안정된 급여를 한 번도 밀리지 않고 주는 회사에 내가 보답할 수 있는 것은, 우리 버스를 이용하는 승객들에게 친절해야 한다는 것이었어요. 그래서 승객들이 올라탈 때 인사를 잘하려고 노력했고, 승객들이 질문하면 제가 아는 한 최대한 자세하게 설명해 드렸습니다. 그때도 너무 튄다고 싫어하는 분들이 있더라고요. 저는 개의치 않았습니다. 그분들이 제 월급을 주는 것은 아니잖아요.

지난번 교육 때 저의 영상을 보여주고 난 뒤에, 주변에서 동료들이 수군거리기 시작했어요."

"어이 친절 참 요란하게 하네."

"하다 하다 이젠 방송까지 나오네."

"OO 씨 때문에 우리만 더 피곤해져요. 친절도 적당히 좀 합시다. 회사에서 우리한테 OO 씨처럼 하라고 하잖아요."

"처음엔 하루 이틀 저러다 말겠지 생각했는데, 시간이 가면서 괴롭히는 정도가 더해지는데 못 견디겠더라고요. 마침 인근에 있는 회사에서 승무원 모집한다고 해서 얼른 지원해 옮기게 되었어요. 이제는 그렇게 친절하게 안 해요. 여기선 조용히 지내려고요."

마음이 아프고 미안했다. 아니 괴로웠다.

선의로 진행한 일인데 결과적으로 친절 승무원에게 손해를 끼치게 되었다. 다행히 다른 회사로 이직이 성공적으로 이루어지긴 했으나 호봉상의 불이익, 퇴직금 등 경제적인 손실이 있었을 것이다. 함께 일하는 동료들의 괴롭힘 때문에 잘 다니던 회사를 그만두어야 한다는 일이 얼마나 힘들었을까 생각을 하니 그분의 얼굴을 보기가 미안했다.

그런데 이분은 천성이 착한 분인 모양이다. 미안해하는 내게 미안해 할 필요 없단다.

또 한 번의 비슷한 사례가 있다.

준공영제가 시작되고 난 후 얼마 지나지 않은 2006년 친절한 승무원으로 소문이 나 TV 뉴스에도 소개가 되었던 승무원이 있었다. 뉴스 화면을 다운 받아 강의자료로 사용하기도 했다. 2013년도쯤 마침 그 회사에 강의하러 갔다. 뉴스에 소개되었던 친절 승무원을 만나게 되었다.

기대감을 가지고 그분에게 말을 걸었다.

"뉴스에서 봤어요. 요즘도 친절하게 운행하시죠?"

"그럼요. 당연하죠. 시민을 위하는 일이 나를 위하는 일인걸요"

라는 답변을 기대했는데

이분 조금 냉소적으로 반응한다.

"친절하게 운행하는 것 내가 해 볼 만큼은 해 봤는데 별 소용없 더라고요. 승객들이 알아주면 좋겠지만 알아주는 승객 하나 없 어요. 저는 이제 친절 기사는 안 하고 불친절하지 않은 기사 정 도만 하려고요." 하는 것이다.

동료들의 이야기를 들으니 자기가 좋아서 남들 하지 않는 안내 방송도 하고 의욕적으로 일을 했는데 돌아오는 반응이 시큰둥 하고 중간에 몸이 아프고 난 이후로는 사람이 예전 같지 않다는 것이다.

친절하게 운행하겠다고 마음을 먹고 일을 하는 사람이 본보기 가 되어, 동료들도 그들과 같이 친절해지는 긍정의 영향력이 확 산되었으면 좋겠다.

승객을 가족과 같이 생각하고 대하는 승무원들에게는, 승객들 도 가족과 같이 대해 주어, 친절한 운행을 계속할 수 있으면 좋 겠다.

그런데 그게 말처럼 쉽지 않은 것이 현실이다.

동료의 친절한 행동으로 인해 자신들에게 요구되는 친절 운행에 대한 부담감으로 친절 승무원을 비웃고 비난했던 동료승무원을 대신해 마음 깊이 미안한 마음을 전하고 싶다.

또한, 선의를 가지고 승객들에게 친절함을 베풀고자 했던 승무원이, 승객들의 무반응에 지쳐 친절함을 그만두겠다고 하니 승객의 한사람으로서 미안하다는 말을 꼭 전하고 싶다.

더불어 승객의 피드백이나 주변의 지지도 중요하지만, 친절해야 하는 이유 중 자기만족이나 직업에 대한 자부심에 더 큰 의미를 두면 좋겠다는 생각을 전해주고 싶다.

07 : 졸음운전을 하지 않으려면!

퀴즈.

'세상에서 가장 무거운 것은 무엇일까?' 라는 질문에 답을 해 보자. 여러 가지 대답이 나올 수 있는데, 육상 동물 중에서 찾아본다면 코끼리(약 10톤)라고 할 수 있을 것이고, 해상 동물을 포함하면 대왕 고래(173톤)라고 답변할 수 있다. 인간이 만든 구조물을 포함하면 아마도 만리장성(추정 5,270만 톤)이라고 할 수도 있고, 우주까지 범위를 넓히면 지구에서 140억 광년 정도 떨어져 있다고 하는 태양 질량의 660억 배에 달하는 블랙홀인 ton 618을 들 수 있다.

이제는 범위를 좁혀보자. 우리 몸에서 가장 무거운 것은 어떤 것일까?
두개골이 있는 머리(?), 배가 많이 나온 사람의 경우에는 배일 수도 있고, 근육맨의 경우에는 근육이 많이 붙은 부위를 생각해 볼 수도 있는데, 내가 생각한 가장 무거운 부위의 정답은 '눈꺼풀' 이다.

졸음이 올 때 아무리 들어 올리려 해도 올라가지 않는 것이 눈꺼풀이다. 이건 힘이 약한 사람이나 힘이 센 사람 모두에게 적용되는 것이다.

특히 경계 근무를 서는 군인이나 운전하는 사람에게 졸음은 치명적이다.

운전자들에게 1년 이내에 졸음운전을 한 경험이 있는지를 확인해 본 결과, 전체 운전자의 72.7%에 해당하는 사람들이 졸음운전 경험이 있다고 응답을 하였다.

시내버스 승무원들에게 교육하며 졸음운전을 해 본 경험이 있는지 물어보았더니, 100여 명 중 2~3명을 제외하고는 모두 한 번 이상 졸음운전을 해 본 경험이 있다고 답을 하였다. 시내버스 승무원의 경우 운행 시간이 길고, 피곤해도 휴식을 취하고 운전할 수 없는 특성 때문에 졸음운전의 문제는 더 많이 발생하게 된다.

혼자만 탑승하는 자가용도 아니고, 많은 승객을 태우고 다니는 버스를 운행하며 졸음운전을 한다는 것이 상상은 안 되지만, 장시간 운전하므로 졸음운전은 거의 필연적이라고 할 수 있다.

#1 봉평터널 사고

2016년 7월 17일 오후 5시 54분 영동고속도로 인천방향 평창군 봉평터널 입구에서
발생한 연쇄 추돌 사고로 4명이 사망하고 37명이 부상한 사고가 발생하였다.

■ 출처 : SBS 뉴스화면 캡처

#2 경부고속도로 사고

경부고속도로 양재나들목 인근에서 9일 오후 2시 42분쯤 8중 추돌사고가 일어나 2명이
숨졌다. ■ 출처 : YTN 뉴스화면 캡처

두 사고 모두 버스 승무원의 졸음운전에 의해 발생한 것으로 이
사고로 인해 관련 법령이 개정되기도 하였다.

※ 2018년 2월 12일 개정된 여객자동차운수사업법 시행규칙에 따르면

버스 승무원이 승무하려면 최소 8시간 이상의 휴식시간을 가져야 한다.

제44조의 6(운수종사자의 휴식시간 보장)

④ 노선 여객 자동차운송사업자 및 전세버스운송 사업자는 운수종사자의 출근 후 첫 운행 시작 시간이 이전 퇴근 전 마지막 운행 종료 시간으로부터 8시간(광역급행형 및 직행좌석형 시내버스운송 사업자의 경우는 10시간) 이상이 되도록 해야 한다.

※1회 운행 후 최소 10분 이상의 휴게시간을 보장하여야 한다.

제44조의 6(운수종사자의 휴식시간 보장)

① 시내버스운송 사업자, 농어촌버스운송 사업자 및 마을버스운송 사업자는 운수종사자에게 기점부터 종점(종점에서 휴식시간 없이 회차하는 경우에는 기점)까지 1회 운행 종료 후 10분 이상의 휴식시간을 보장하여야 한다. 다만, 기점부터 종점(종점에서 휴식시간 없이 회차하는 경우에는 기점)까지의 운행시간이 2시간 이상인 경우에는 운행 종료 후 15분 이상의 휴식시간, 4시간 이상인 경우에는 운행 종료 후 30분 이상의 휴식시간을 보장하

여야 한다.

※ 2018년 7월 1일 개정된 근로기준법에 따라 노선버스 업종은 근로시간 및 휴게시간의 특례업종에서 제외되어 주 52시간을 초과해서 근무를 시킬 수 없다.

제59조(근로시간 및 휴게시간의 특례)

① 「통계법」 제22조 제1항에 따라 통계청장이 고시하는 산업에 관한 표준의 중분류 또는 소분류 중 다음 각 호의 어느 하나에 해당하는 사업에 대하여 사용자가 근로자 대표와 서면으로 합의한 경우에는 제53조제1항에 따른 주(週) 12시간을 초과하여 연장근로를 하게 하거나 제54조에 따른 휴게시간을 변경할 수 있다.

1. 육상운송 및 파이프라인 운송업. 다만, 「여객자동차 운수사업법」 제3조 제1항 제1호에 따른 노선(路線) 여객 자동차운송사업은 제외한다.

이러한 조치로 인해 시내버스 승무원들이 안전하게 운행할 수 있는 여건이 좋아진 것은 사실이나, 졸음운전의 문제가 모두 해결되는 것은 아니다.

졸음운전은 운전자의 피로(신체적 피로 + 긴장과 자세의 구속에 따른 정신적 피로 + 시간적 압박), 수면 부족(수면시간의 부족, 수면의 질 하락에 따른 수면 부족의 문제) 약물복용 및 음주, 차내 산소 부족 및 이산화탄소의 증가 등의 이유로 졸음운전이 발생하게 된다.

이에 대한 운전자들의 대책으로는 음식물의 섭취(껌, 견과류, 물 등), 창문을 열어 외부 공기를 유입시키는 환기, 라디오 청취, 스트레칭, 휴게소에서의 휴식 등이 있는데, 이건 일반적인 운전자의 경우이고, 시내버스 승무원의 경우 운행 중 졸립다고 해서 운행 중 휴식을 취하기도 어렵고, 해당 회차의 운행을 마무리하고 종점에 들어가서야 비로소 휴식을 취할 수 있다.

졸음운전의 원인 중 운전자의 피로나 수면 부족, 약물복용 및 음주로 인한 부분은 의식하고 주의하거나 조절이 가능하지만, 차내 산소 부족과 이산화탄소의 증가로 인해 발생하는 문제는 대비하기가 어렵다.

특히 운전할 때 앉아서 운전하게 되는데, 앉아 있는 자세는 뇌에 산소를 공급하기에 매우 부적절한 자세이다. 우리의 뇌에 산소를 공급하는 방법으로 외부 공기의 유입, 수분 섭취 등도 있지만, 가장 많은 양의 산소를 공급하는 방법이 혈액을 통해서

다. 그런데 앉아 있는 자세가 뇌에 원활한 산소 공급을 하지 못하게 하는 자세이다.

교실에서 수업하는 교사와 학생 중 누가 더 피곤할까? 앉아서 수업을 듣는 학생보다는 서서 수업을 진행하는 교사가 더 피곤하지 않을까?

교실에서 졸고 있는 사람을 살펴보면 교사가 아닌 학생들이라는 것을 알아차릴 수 있다. 학생들이 공부하느라 에너지를 많이 소모해 더 피곤하리라 생각할 수도 있고, 전날 잠을 푹 자지 못해서 졸고 있다고 생각할 수도 있다. 하지만 전날 푹 자고 난 뒤에도 오랜 시간 앉아 있으면 잠이 오는 것을 한 번쯤은 경험을 해 보았을 것이다.

학생들이 조는 이유는 뇌에 산소가 제대로 공급되지 않기 때문이다.

심장에서 뿜어진 혈액은 바로 뇌로 올라가는 것이 아니다. 먼저 바닥으로 내려가 발바닥을 치고 펌프질하여 뇌로 올라가게 되는데, 앉아 있는 자세는 심장에서 시작된 혈액이 발바닥을 치고 올라가기에 어려운 구조이기 때문이다.

교실에서 졸고 있는 학생에게 교실 또는 복도에 나가 서 있으라고 하면, 바로 졸음을 깨게 된다. 앉아 있을 때는 (뇌에 산소 공급이 잘되지 않아) 졸렸는데, 서 있게 되면 (뇌로 산소 공급이 원활해져) 졸음이 달아나는 것은 누구나 한 번쯤 경험해 보았을 것이다. 서 있게 되면 자연스럽게 발바닥을 자극해 주기 때문에 뇌로 산소 공급이 잘 된다는 것이다.

고속도로를 주행하며 졸음이 몰려와 휴게소에 들렀을 때, 그렇게 졸리다가도 휴게소에 도착해 차에서 내리는 순간 잠을 깼던 경험이 있을 것이다. 발바닥을 땅에 딛는 순간 발바닥이 자극되어, 뇌로 혈액이 공급되며 산소 공급이 원활해지기 때문이다.

졸음운전을 예방하기 위해서 전날의 충분한 수면 및 휴식 시간의 보장은 무엇보다 중요하다. 그러나 그것만으로 충분하지는 않기에 버스 승무원들이 운행 상황에서 졸음을 예방하려는 방법을 제시해 보고자 한다.

버스 승무원들이 운행 중간의 휴식 시간에 쪽잠을 자기도 하고, 다음 운행에서 졸음운전을 하지 않으려고 커피 등을 마시며 카페인을 보충하기도 한다. 그리고 많은 승무원이 담배를 피우기도 하는데 졸음운전을 예방하는데 그다지 효과적이지는 않다.

잠을 깨기 위해 커피를 마시는 경우 커피에 있는 카페인 성분이 주는 각성 효과를 생각할 때, 카페인을 분해하는 능력이 사람마다 달라 효과가 높게 나타나는 경우와 낮게 나타나는 경우가 있다. 자주 커피를 마시게 되면 내성이 생겨 카페인에 의한 각성 효과가 떨어져 결과적으로 매일 운전을 하는 직업 운전자로서 커피의 효과를 지속적으로 보기는 어렵다는 것이다.

다른 유형으로는 담배를 피우는 승무원들이다. 담배를 피우면 일시적인 각성효과가 있다. 하지만 담배를 피울 때는 졸음을 예방하는 효과가 있어 보이나 문제는 운행할 때이다. 담배는 우리의 뇌에 산소를 공급하는 역할을 하기보다는 있는 산소마저도 없애는 기능을 한다.
단기적인 효과는 있을지언정 장기적으로 졸음운전을 예방하는 효과가 있다고 보기 어렵다.

그럼 졸음운전을 예방하기 위해 어떻게 하는 방법이 있을까?
답은 스트레칭이다. 운행을 마치고 다음 운행 시간이 되기 전까지 스트레칭이나 운동을 하는 것 말이다. 특히 발바닥이나 종아리를 자극하는 운동을 해 주는 것이 졸음운전 예방에 탁월한 효과가 있다.

운행 중 졸음이 와 도저히 참을 수 없는 상황이 되었다면, 신호 대기를 할 때 잠깐 앉은 자리에서 일어나 보는 것도 권할만하다. 물론 이 부분은 조심스럽다. 버스 승객들의 안전을 책임지는 승무원이 자리를 벗어나는 것을 권장할 수는 없다. 하지만 지금 상황은 졸음 때문에 정상적인 운행이 어려운 것을 전제한 것이다.

발바닥과 종아리를 자극하여 졸음운전을 예방할 수 있다.
이번 휴일에는 다리를 튼튼하게 하는 등산이라도 다녀올 것을 추천 드린다.

08 : 400m 계주경기와 버스 운행간격

세계적으로 인정하는 4대 스포츠 대회는 하계 올림픽과 동계 올림픽, 월드컵 축구 대회와 세계육상선수권대회이며 우리나라는 이 4개 대회를 모두 유치한 몇 안 되는 나라 반열에 올라섰다.

1988년 서울 하계 올림픽을 시작으로 2002년 한일 월드컵, 2011년 대구 세계육상선수권대회 그리고 마지막으로 2018년 평창 동계 올림픽을 개최함으로써 세계 4대 스포츠 대회를 모두 개최한 나라가 되었다.

이 중 2011년도에 대구에서 진행된 세계육상선수권대회는 불명예 기록을 2개나 가지게 될 뻔한 대회였다. 하나는 개최국이 메달을 하나도 획득하지 못한 대회라는 불명예이고, 다른 하나는 대회 기간동안 세계신기록이 하나도 나오지 않은 대회라는 불명예이다.

우리나라는 육상, 수영과 같은 스포츠 부문의 기초 종목에서 약세를 보이고 있다.

대구 세계육상선수권대회에서도 개최국인 대한민국이 메달을 획득할 수 있는지가 관심사가 되었는데, 아쉽게도 우리나라는 하나의 메달도 획득하지 못한 대회로 마감을 해야만 했다.

또 하나의 불명예 기록이 작성될 뻔했는데, 대회 마지막 경기인 남자 400m 계주 결승 경기를 남긴 상황에서 하나의 세계신기록도 만들어지지 않았었다.

당시 100m를 세계에서 가장 빠르게 달리는 선수 1위와 2위, 4위가 자메이카 선수였기에 마지막 경기에서 세계신기록이 나올 수 있는 가능성이 있었고 자메이카 선수들은 대회 마지막 경기에서 37.04초의 기록으로 세계신기록을 기록하였다.

육상에 그다지 관심이 많지는 않았지만 우리나라에서 펼쳐지는 경기였기에 TV를 통해 400m 계주 결승 경기를 보게 되었다. 400m 계주 경기를 보면서 시내버스의 배차 간격을 맞춰가는 비결을 알게 되는 계기가 되었다.

400m 계주 경기에서 우승하려면 여러 가지 요인이 필요하겠지만 간단하게 4가지로 정리해 보았다.

1. 선수의 기량이 뛰어나야 한다.
2. 팀워크가 잘 맞아야 한다.
3. 실수하지 않아야 한다.
4. 반칙하지 말아야 한다.

첫째, 선수의 기량이 뛰어나야 한다.

400m 계주에서 우승하기 위해서는 계주에 참여하는 선수 한명 한명의 기량이 뛰어나야 한다. 간혹 '계주에서 우승하기 위해 가장 필요한 것이 무엇이냐?' 고 물어보면 팀워크라고 말씀하시는 분이 있는데 계주에서 우승하기 위해 팀워크도 필요한 것이 맞지만 그보다 근본적으로 선수 한 사람, 한 사람의 기량이 뛰어나야 한다. 100m를 20초대에 뛰는 선수들을 데리고 아무리 열심히 훈련해 팀워크를 잘 다진다고 해도 우승하기는 어렵다. 아니 불가능하다.

계주에서 우승하기 위해 가장 필요한 요소는 선수의 기량이 뛰어나야 한다.

둘째, 팀워크가 잘 맞아야 한다.

계주경기는 개인경기가 아니고 단체경기이다. 축구나 야구와 같은 팀 경기처럼 한 번의 실수를 하더라도 만회할 기회가 주어지는 경기가 아니다. 시작하자 마자 순식간에 끝나버리는 경기이다. 그래서 선수 간 팀워크는 무엇보다 중요하다. 400m 계주 경기는 4명의 선수가 100m씩 나누어 뛰는데 선수 간 바톤을 전달하며 달리는 경기이다. 빨리 달리는 것도 중요하지만 바톤을 지체하지 않고 전달하는 것과 선행주자와의 거리를 의식하며 후행 주자가 달려가며 바톤을 받는 고난이도의 기술이 필요하다.

일반인들이 체육대회 등에서 계주를 하는 경우 4명이 이어 달리는 속도보다 100m를 가장 빨리 달리는 사람의 기록을 4회 더한 것이 빠르다. 하지만 선수들의 계주경기는 이와 다르다. 가장 빠른 사람의 기록을 4회 더한 것보다 4명이 팀워크를 맞춰 이어 달린 기록이 훨씬 빠르다.

현재 100m 세계신기록 보유자는, 자메이카의 우사인 볼트로 100m를 9초 58의 기록으로 달렸다. 우사인 볼트의 기록을 4회 더하면 38.32초가 되는데, 2011년도 자메이카팀이 세운 세계신기록은 37.04초로 우사인 볼트의 기록을 4회 더한 것보다 무려 1.28초나 빠르다.

팀워크의 힘이 얼마나 대단한지를 알 수 있다.

셋째, 실수하지 않아야 한다.

TV에서 대구 세계육상선수권대회 400m 계주 결승 경기를 중계하는 아나운서가 경기를 앞두고 계속 '이번 대회는 미국과 자메이카의 대결로 압축되고 있다.'는 멘트를 하였다.

당시 세계 최강인 자메이카에 대항할 수 있는 유일한 팀이 미국팀이었다.

출발신호와 함께 8개 레인의 선수들이 달려가기 시작하였다. 미국팀과 자메이카 팀이 앞으로 치고 나가며 경주하는데, 4번째 선수에게 바톤을 전달할 때 미국의 3번째 선수가 넘어지며 바톤을 떨어뜨렸다.

계주에서 바톤을 떨어뜨리는 것이 실격은 아니지만, 경기 결과는 이미 끝났다고 할 수 있다. 미국팀은 떨어진 바톤을 주워 마지막까지 경기할 생각도 못 하고 더 이상 뛰지 않았다.

계주에서 우승하기 위해서는 실수를 하지 않아야 한다.

넷째, 반칙하지 말아야 한다.

운동경기에는 종목마다 적용되는 규칙이 있다. 반칙하게 되면 일찍 들어와도 인정하지 않는다. 예를 들어 4번 레인에서 뛰는 선수가 빨리 들어오고 싶은 욕심에 1번 레인으로 뛰게 되면 반칙이 된다. 앞에서 언급한 바톤을 주고받는 것에도 규정이 있다. 선수들은 정해진 구간(자신의 출발선을 기준으로 후방 20m, 전방 10m 즉 30m 이내에서 바톤을 넘겨받을 수 있는 구간)에서만 바톤을 넘겨받을 수 있다. 이 구간을 벗어나 바톤을 넘겨받으면 반칙으로 실격이 된다.

시내버스는 기본적으로 운행간격을 정확하게 맞춰 운행하는 것이 불가능하다.

차고지에서 배차간격을 맞춰 출발시키는 것은 가능하다. 하지만 몇 정류장만 가도 배차간격에 맞춰 운행하는 것이 힘들다. 아니 불가능하다.

이유는 신호, 도로 상황, 승객의 많고 적음 등 변수가 많이 발생하기 때문이다.

내가 대학에 다닐 때 지하철역에서 본 표어가 지금도 기억이 난다.

'지하철은 지켜준다 약속시간 어김없이'

30년도 더 지났지만, 무척이나 공감 되었기에 지금도 16글자가 생생하게 기억나는 것이다.

맞다. 지하철은 어지간하면 배차간격 및 운행간격을 맞춰 운행하지만 버스는 그렇지 않다.

시내버스가 운행간격을 정확하게 맞춰 운행하는 것은 불가능하지만 승객에게 불편을 최소화해 운행하는 방법이 있다.

시내버스가 운행간격을 잘 맞춰 운행하기 위해서도 400m 계주 경기에서 본 것과 같은 4가지를 잘해야 한다.

첫째, 승무원의 기량이 뛰어나야 한다.

버스를 운행하는 승무원의 기량이 뛰어나야 번잡한 교통상황에서도 운행간격을 맞추며 운행이 가능하다. 아무리 운행간격을 맞추고 싶어도 기량이 따라오지 못하면 운행간격을 맞추기 어렵다. 예를 들어 신입 승무원의 경우 노선의 환경도 익숙하지 않고 버스 운전도 익숙하지 않아 운행간격을 맞추기 어렵다. 앞뒤에서 운행하는 동료들도 고려해 운행을 해야 한다. 하지만 6개월이 지나서도 미숙하다면 문제가 달라진다.

둘째, 팀워크가 잘 맞아야 한다.

운동경기에 개인경기와 팀 경기가 있는 것처럼 택시를 개인경기로 본다면 시내버스는 팀 경기라고 할 수 있다. 같은 노선을 도는 동료들끼리 운행간격을 최대한 잘 맞춰 운행해야 한다. 앞에서도 이야기한 것 같이 버스의 운행간격을 정확하게 맞춰 운행하는 것은 어렵다고 했다. 하지만 팀워크를 잘 맞춰 최대한

간격을 맞춰 운행하려 노력하는 팀플레이가 필요하다는 것이다. 과거 30년 전에는 앞에 있는 버스가 어디쯤 가고 있는지도 뒤따라오는 버스가 얼마나 간격이 벌어져 있는지 알 수가 없었으나 지금은 가능하다. 버스마다 설치된 단말기를 통해 앞 차량과 뒤 차량의 위치와 간격이 표시되기 때문에 승무원들이 노력하면 운행간격을 최대한 맞춰 갈 수 있다는 것이다.

셋째, 실수하지 않아야 한다.

운행 중 사고가 발생하면 운행간격을 맞추는 것은 고사하고 운행 자체를 그만두어야 하는 상황이 발생한다. 시내버스에서 발생하는 사고의 60% 이상을 차지하는 차내 안전사고는 운행간격을 맞추겠다고 급하게 운행하는 데서 발생한다. 승무원이 급한 마음에 하차 승객을 소홀히 하거나 승차 승객이 자리에 앉거나 손잡이를 잡는 것을 확인하는 기본을 놓칠 때 차내 안전사고가 발생하게 되고 잠깐의 방심에 의한 실수는 운행간격을 맞추지 못할 뿐만 아니라 운행 자체를 멈추게도 한다.

넷째, 반칙하지 말아야 한다.

계주 경기에서 반칙은 경기에 정해진 규칙을 위반하는 것이다. 버스 승무원이 하는 반칙은 표면화되어 있지는 않으나, 승무원

상호 간 지켜야 하는 규칙을 위반하는 경우를 이야기하고 싶다. 버스 승무원은 운행하면서 뒤로 처져 운행하는 것보다는 앞 차량에 붙어 운행하는 것이 편하다. 이것은 버스 승무원이라면 누구나 알고 있다. 앞 차량에 붙어 운행하면 본인은 편하지만 뒤 차량은 힘이 배는 들게 된다. 운행간격이 벌어지는 만큼 기다리는 승객이 많아져 많은 승객을 태우기 때문에 힘도 들고 승객이 많아져 승하차 시간이 길어지게 되니, 앞 차량과의 간격은 더 벌어져 승객은 더 많아지는 악순환이 된다. 운행 중 운행간격을 무시하고 앞 차량에 붙어 운행하는 것은 반칙이다.

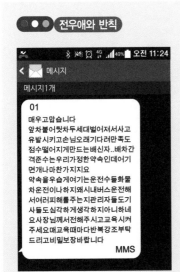

군에서 행군을 하고 있다. 행군하는 병사가 힘들어하면 그 병사를 버리고 가지 않는다.

처음엔 동료들이 힘들어하는 병사를 응원해 주다가 소총이나 군장을 들어주며 함께 행군을 마치려고 한다. 이걸 '전우애'라고 한다.

다음에 또다시 행군하게 될 때, 지난번 힘들어해 동료들이 소총과 군장을 들어 주었던 병사가 꾀를 내어 힘들지도 않은데 힘든 척을 하여, 동료들이 다시 이 병사의 소총을 들어주고 군장을 들어주었다면 이것도 '전우애'라고 할 수 있을까?

물론 아니다.

이것은 '전우애'가 아닌 '반칙'이자 '배신'이다. 힘들어하는 동료를 두고 갈 수는 없지만 그걸 악용하는 병사는 본인의 편함을 위해, 자신이 짊어져야 할 짐을 동료들에게 전가한 것이기 때문이다.

09 : 대한민국에서 가장 불친절한 집단

2005년도에 인터넷 포털인 엠파스에서 '대한민국에서 가장 불친절한 집단은?'이라는 설문조사를 했는데 당시 불명예스러운 1위는 '건강보험공단 민원실 직원'이 차지했다. 2위는 '시내버스 운전기사'로 나왔으며, 같은 육상 운송수단을 운행하는 택시 운전기사도 8위를 기록했다.

2005년 당시 버스회사와 택시회사가 우리 회사의 주 고객이었기 때문에 나에게는 이 설문조사가 남다르게 다가왔다.

만약 살고 있는 동네의 편의점이 불친절하다면 불편을 감수하고라도 인근의 다른 편의점으로 옮기면 그만이다. 하지만 마음에 안 들어도 바꿀 수 없어 다시 만날 수밖에 없는 '불친절 집단'이 있게 마련이다. 아래의 불친절한 집단에 소개된 케이스가 그렇다.

1등 | 건강보험공단 민원실 직원
594명 (33%) 나도한표

2등 | 시내버스 운전기사
212 (12%) 나도한표

3등 | 민원실 동사무소공무원
182명 (10%) 나도한표

4등 | 국회의원
117명 (7%) 나도한표

5등 | 약사, 간호사등 의료인
109명 (6%) 나도한표

6등 | 경찰
85 (5%) 나도한표

7등 | 택시운전기사
78명 (4%) 나도한표

8등 | 법원, 등기소 직원
75명 (4%) 나도한표

9등 | 대학의 교직원
57명 (3%) 나도한표

10등 | 지하철 매표원
40명 (2%) 나도한표

11등 | 초중고 교사
33명 (2%) 나도한표

12등 | 세무서
28명 (2%) 나도한표

2005년 인터넷 포털인 엠파스 '대한민국에서 가장 불친절한 집단은?' 설문조사

최종 집계 현황은 모르겠으나 2,778명 까지의 설문조사 결과이다.

1위 건강보험 744명(33%)

2위 시내버스 273명 12%

3위 민원실 및 동사무소 227명 10%

4위 국회의원 142명 6%

5위 법원 및 등기소 공무원 133명 6%

6위 의사 간호사 131명 6%

7위 경찰 104명 5%

8위 택시 운전사 95명 4%

9위 대학교 직원 73명 3%

벌써 15년도 더 지난 일이기에 지금 조사를 한다면 조사 결과가 많이 달라질 수 있을 것이라 생각한다. 하지만 한때 일지라도 버스 승무원이 불친절한 집단 순위 2위를 기록했다는 부분에 대해서는 생각을 해 볼 필요가 있다.

1위를 기록한 건강보험 민원실 직원은 소비자 입장에서 접촉할 일이 그리 많지 않다. 4위에 해당하는 국회의원도 직접 마주할 일이 거의 없기도 하지만, 정 마음에 안 든다면 4년에 한 번 치러지는 선거에서 다른 후보에게 투표하는 방식으로 바꾸면 된다. 그런데 버스의 경우에는 마음에 안 든다고 버스를 타지 않을 수도 없고, 마음에 안 드니 승무원을 교체해 달라고 요구할 수도 없다. 소비자 입장에서 다른 직종, 집단보다 불친절에 의한 피해를 고스란히 받을 수밖에 없다.

버스 운전을 하는 사람이 처음부터 불친절하겠다고 마음먹는 일은 거의 없을 것 같다. 처음엔 다들 승객에게 친절한 승무원이 되겠다는 마음으로 일을 시작하지 않겠나 싶다. 여느 직업과 마찬가지로.

교사가 되어 학교에 부임하면서 학생들을 때리겠다는 마음을 먹거나, 부모들에게 촌지를 많이 받아야겠다는 생각으로 교사의 일을 시작하지는 않을 것이다. 의사나 간호사도 불친절한 환자 응대를 하겠다고 마음먹고 자신의 일을 시작하지는 않을 것이다. 문제는 교사 중에서 사명감을 가지고 있는 교사도 있지만, 왜 교사를 했는지 이해가 되지 않는 교사도 있다. 의사와 간호사를 비롯해 거의 모든 사람이 자신의 직업에 임하는 자세가 비슷하리라 생각한다.

시내버스를 이용하는 승객들은 버스 승무원이 친절하든 불친절하든 그들의 의사와 관계없이 오늘도 버스를 타게 된다. 하루를 시작하는 출근시간에 또는 하루를 마감하는 퇴근시간에, 불친절을 경험하는 것을 좋아하는 사람은 없을 것이다. 버스 승무원이 출근을 하거나 퇴근을 하는 승객에게 불친절한 서비스를 제공한다면, 하루의 시작이나 마무리하는 시간에 불쾌감을 주게 된다.

하지만 버스 승무원은 하루의 시작과 마무리를 버스에서 하는 것이 아니고, 하루를 온전히 버스에서 보내게 된다.

버스 승무원이 승객에게 불친절하게 서비스를 하면서 승무원 본인의 기분이 좋을 리가 없다.

잠시 머물다 가는 승객과 달리 하루 종일을 버스에서 보내야 하는 승무원이 시간상으로 보면 불친절로 인한 최대의 피해자가 되는 것이다.

지금 다시 대한민국에서 가장 불친절한 집단이라는 설문을 하게 된다면 2005년도처럼 버스 승무원이 상위권에 가 있을 것 같지는 않다.

그 사이에 버스를 둘러싼 환경도 많이 변했고 버스도 고급화되었으며 버스 승무원의 처우도 많이 좋아졌다.

준공영제를 하는 지역의 버스 승무원은 준공무원이라고 말하며 많은 사람들이 들어가고 싶은 직장이 되어가고 있다.

TV 프로그램 '우리 아이가 달라졌어요'를 보면 아이 때문에 고민인 부모가 방송사에 아이 때문에 힘듦을 호소한다. 아이의 행동을 보며 '부모가 많이 힘들었겠다'는 생각을 하게 되는데 결론부에 가서는 아이의 문제 행동이 대부분 부모의 행동으로부터 말미암았음을 보게 되고, 부모의 행동이 바뀌니 아이가 달라지는 것으로 끝나는 경우가 많다.

버스 승무원의 과거 불친절했던 행동의 원인이 환경이나 승객들의 문제에서 비롯되었을 수도 있다. 하지만 승객들을 불러서 교육하고 변화시키기는 어렵다.
'우리 아이가 달라졌어요'와 같이 버스 승무원의 행동을 바꾸어 승객들의 변화를 이뤄보면 어떨까?

「우리 승객이 달라졌어요」

10   : 무엇으로 애국할까?

🚌

　　　4년에 한 번 우리나라를 비롯한 전 세계는 축구공 하나에 열광하게 된다. 월드컵 때문이다. 특히 우리나라는 2002년 한일 월드컵을 개최하면서 월드컵에 대한 관심이 증폭되었다.

더군다나 월드컵에 나가 1승도 거두지 못했던 대한민국이 첫 승을 거두더니, 이에 그치지 않고 축구 강국들을 차례로 제치며 4강에 올라갔을 때에는 그야말로 전 국민은 열광했다. 축구공 하나로 나라를 들었다가 놓았다고 해도 과언이 아닐 지경이었다.

어떤 분은 2002년 한일 월드컵 경기를 보며 온 국민에게 큰 기쁨을 주기 위해, 그다지 많은 사람이 필요하지 않다는 사실을 깨달았다고 한다. 23명의 태극전사가 축구 강국들과 맞붙어 선전하는 모습을 보여주니, 국내에 있는 한국인은 물론이고 세계 각지에 흩어져 사는 모든 한민족이 자부심을 가지게 되었다는 것이다.

대한민국이 한 경기 한 경기를 치르면서 승리를 할 때마다 온 국민은 열광했다. 밤을 새우며 뛰어놀고 거리마다 붉은 옷을 입은 사람들로 가득 차 있었다. 얼마나 기분이 좋으면 중국집에서 돈을 받지 않고 자장면을 나눠주고, 호프집에서 맥주 값을 받지 않고, 맥주를 나누어 주었겠는가?

태극마크를 가슴에 붙이고 경기장에서 금방이라도 쓰러질 듯이 열심히 땀을 흘리며 뛴 태극 전사들은 분명히 애국자이다. 누구라도 태극전사가 되어서 나라를 위해 뛸 기회가 주어진다면 마다하지 않을 것이다.

일반적으로 애국자라고 하면 안중근 의사와 같은 독립운동가나 정치인들을 떠올리게 되는데 애국자의 범위를 조금 넓게 볼 필요가 있다.
축구 선수들은 무엇으로 애국을 할까? 축구를 잘하는 것으로 애국을 한다.

과학자는 연구와 개발을 통해, 과학발전을 이룰 수 있도록 하는 것으로 애국을 하게 된다.

무역하는 사람들은 무역 업무를 잘하는 것으로 애국을 해야 할 것이다.

공장에서 물건을 만드는 사람은 누구나 즐겨 찾고 잘 쓸 수 있는 값싸고 품질 좋은 제품을 만드는 일로 애국을 할 수 있다.

강사인 나로서는 축구를 잘하거나 물건을 잘 만드는 것으로 애국을 하기는 어렵다. 강사가 애국할 수 있는 방법은 강의 준비를 잘하고 강의를 통해 강의를 들으시는 분들에게 동기부여를 잘 해주는 것이다.

그럼 버스 승무원은 무엇으로 애국을 할 수 있을까?

버스 승무원이 애국하는 방법은 운행을 통해서다.

사고 없이 안전하게 운행하는 **안전운행**.

법규를 지키며 운행하는 **준법운행**.

승객의 기분을 좋게 해 주는 **친절운행**.

도로를 나누어 쓰는 다른 자동차와 운전자를 배려하는 **배려운행**.

에너지를 절약하는 **에코운행**.

정해진 시간에 맞춰 운행하는 **정시운행** 등

우리는 운행을 하는 사람들이니 운행을 통해서 애국을 할 수 있다.

버스 승무원의 운행이 잘못되면 큰 사회적 비용을 지불하게 된다.

도로교통공단 교통 사고분석시스템에 따르면 도로에서 발생하는 교통사고로 인해 연간 사고처리 비용이 2018년 기준 약 25조 원이나 되는 것으로 집계됐다. 2019년 기준 대기업인 삼성, SK, LG, 롯데 4개 그룹 계열사 전체가 낸 영업이익이 25조 8000억 원 정도인데, 연간 교통사고 처리 비용으로만 우리나라 4대 기업의 영업이익 모두를 쏟아 부은 것이나 마찬가지이다.

경제적인 피해가 막심하다고 할 수 있다.

더욱이 교통사고는 비용만으로 끝나는 것이 아니다. 교통사고로 인해 사망하거나 부상을 당하는 사람들이 발생하게 된다.

2019년도 기준으로 우리나라에서 발생한 교통사고는 229,600건이며 사망자 3,349명, 부상자는 341,712명이다. 교통사고로 인해 직접 사망하거나 부상당한 사람 말고도, 그 사람의 가족이나 주변에 있는 사람들이 겪게 되는 고통을 감안하면 교통사고로 인한 피해는 헤아릴 수 없이 커지게 된다.

교통사고뿐만 아니라 버스가 시간을 지켜 운행하지 않으면, 사회적인 혼란이 야기되기도 한다. 버스를 이용하는 직장인이 정시에 출근해 일해야 하는데 운행이 정상적으로 이루어지지 않으면 경제가 타격을 입게 된다.

학생들이 버스를 타고 학교에 가 공부를 해야 하는데, 운행 때문에 학교에 제대로 가지 못한다면 대한민국의 미래가 어두워진다.

아픈 사람이 버스를 타고 병원에 가고 누군가와 만나기 위해 버스를 타고 이동을 해야 하는데, 운행이 정상적으로 이루어지지 않으면 상호 간의 신뢰가 깨어지게 되는 일도 발생한다.

무언가의 가치를 느끼게 되는 때는 흔할 때가 아니라 귀해질 때이다.

1970년대와 80년대 어린 시절을 보낸 나로서는 어렸을 때 했던 이야기가 생각난다.

'사우디에서는 물을 사 먹는대. 사우디에서는 물이 기름보다 비싸대.'

그 당시 물을 사 먹는다는 것도 말이 안 되는 이야기였다. 흔하디 흔한 물을 기름보다 비싼 값을 주고 산다는 것은 더 말이 안 되는 이야기였다.

물은 사 먹는 것이 아니라 떠먹거나 퍼먹는 것이었다. 왜 그랬을까? 먹을 수 있는 물이 흔했기 때문이다.

그런데 40여 년이 지난 지금 어떤가?

우리도 물을 사 먹고 있다. 주유소에서 휘발유나 경유 1리터의 값과 편의점의 생수 값을 비교해보라. 지금 우리나라도 기름보다 비싼 물을 사 먹고 있다,

왜 그런가? 물이 귀해진 것이다. 아니 정확하게 이야기하면 안심하고 마실 수 있는 물이 귀해진 것이다.

승객들 입장에서 시내버스가 매일 정상적으로 운행을 하는 상황에서는 시내버스의 가치를 잘 느끼기 어렵다. 그렇다고 승객들이 시내버스의 가치를 절절하게 느끼게 되는 상황은 정상적인 상황이 아니다.

버스 승무원이 가장 일을 잘하는 상황은 승객들이 시내버스의 가치를 잘 느끼지 못하면서 매일 매일 버스를 이용하는 단계일지도 모르겠다.

그것이 승무원이 버스 운행으로 애국하는 것이 아닐까?

11 : 우리 어머니도 저런 대우 받겠지

2004년에 겪은 일이다. 인천에서 교육을 진행하고 있었는데, 쉬는 시간에 승무원 한 분이 다가오더니, 자기에게 5분만 시간을 달라고 했다. '버스 운전기사들에게 하고 싶은 말이 있다'는 것이다.

이런 요청을 받으면 고민하기 마련이다.

그분에게 시간을 주었는데, 앞에 나가 마이크 잡고 엉뚱한 이야기를 하면, 큰 낭패를 보게 되기 때문이다.

5초 정도 고민했는데 그 시간이 상당히 길게 느껴졌다. 시간을 드려야 할지 말지 고민을 하면서 그분의 얼굴을 보았다. 상황을 난처하게 만드실 분은 아닌 것 같다는 생각이 들었다.

쉬는 시간이 끝나고 여러 회사에서 모인 버스 승무원들이 자리를 잡아갈 즈음 마이크를 잡고 '부성여객의 승무원 한 분이 기사님들께 드릴 말씀이 있다고 하여, 잠시 시간을 드리도록 하겠습니다' 라고 소개를 했다.

강단으로 성큼성큼 걸어 나온 승무원은 자신 있는 포즈로 강단 중앙에 서더니 자신이 하고 싶은 말을 하기 시작했다.

여러분 저 아시죠?

부성여객 OOO 기사입니다.

오늘 제가 여러분에게 드리고 싶은 말씀이 있어 시간을 달라고 했습니다.

저는 사실 회사에서 제일 골치 아픈 기사였습니다. 한 마디로 꼴통 기사였습니다.

하루가 멀다고 민원이 빗발치던 과거의 저는 승객을 적으로 생각했던 것 같습니다.

저는요 승객들도 잘못하면 따지고 가르쳐야 한다고 생각했습니다.

그래서 운전기사인 제가 보기에 행동이 잘못되었다 싶으면, 불러다 호통치고 행동 똑바로 하라고 가르쳤고, 제가 하는 행동이 옳은 행동이라고 생각을 했습니다.

늦게 타거나 여러 번 물어보는 승객에게는 얼굴을 붉히기도 하고 뭐라고 한마디 하기도 했습니다.

물론 지금은 과거의 ○○○이 아닙니다.

인천에서 제일가는 불친절 기사 ○○○이 어떻게 인천에서 제일 친절한 기사가 되어 인천시청 홈페이지에 친절기사로 도배가 되었는지를 여러분에게 말씀드리고 싶어 잠깐 시간을 달라고 했던 것입니다.

하루는 제가 쉬는 날 볼 일이 있어 외출하는데 제 앞에 할머니 한 분이 서 계셨습니다.

버스가 도착해 승차하는데 앞에 있는 할머니의 행동이 조금은 느렸습니다. 무심코 운전기사를 바라보게 되었습니다. 소리가 들리지는 않았지만, 입 모양만 봐도 뭐라 욕하는 것을 알겠더라고요. 그걸 보면서도 별생각 없이 버스에 올라탔고 저는 제 볼 일을 봤습니다.

저녁에 잠자리에 들었는데 잊고 있었던 낮에 봤던 장면이 생각나더라고요.

사실 낮에 보았던 젊은 운전기사의 모습은, 다른 사람의 모습이 아닌 저의 모습이었습니다. 그리고 행동이 느리다고 욕을 먹은 할머니가 우리 어머니 연배쯤 되시니, 우리 어머니도 젊은 기사들에게 저런 욕을 들으며 버스를 타시겠구나 하는 생각이 들었습니다.

생각이 꼬리를 물고 계속되어 그날 밤은 거의 잠을 자지 못한 것 같습니다.

다음 날 일 하고 그다음 쉬는 날, 저는 전자상가로 달려가 마이크 시스템을 구입했습니다. 그러고는 안내방송을 인천에서 처음으로 실시하기 시작한 거죠.
안내방송을 시작하면서 제가 다짐한 게 있습니다.
'앞으로 내가 운전하는 버스에 타는 노인분들은 모두 내 부모님이다. 내 연배의 여성분은 집사람이다. 남성분은 형님이나 동생이다. 학생들이 타면 내 자녀다.' 라고 생각하기로 한 것입니다.
그랬더니 신기하게도 짜증나는 것이 사라졌습니다.

노인분들이 버스에 타면서 시간이 지체되어도 우리 어머니 모시고 가는데 그럴 수 있지.
아주머니들 재래시장 근처에서 양손에 비닐봉지 들고 요금 낸다고 시간 지체할 때도, '콩나물 값 1~200원 아낀다고 고생하시네.' 하는 생각이 들며 이해가 되더라고요.
학생들 버스에서 떠들면 신경이 쓰여 조용히 하라고 소리를 지른 적도 있었는데, '공부하느라 스트레스 받은 것 풀려면 떠들기도 해야겠다' 는 생각이 들면서 소리 때문에 더 이상 스트레스를 받지 않게 되었습니다.

제 생각 하나 바꿨을 뿐인데요.

제 행동을 바꾼 이후로 저는 스트레스를 받으면서 일하는 것이 아니라 즐기면서 일하게 되었습니다.

그리고 덤으로 시청 홈페이지에 칭찬 민원이 올라오기 시작했습니다.

하루가 멀다 하고 불친절 민원을 받던 제가, 칭찬 민원을 가장 많이 받는 버스기사로 탈바꿈하게 된 것입니다.

승객들은 바뀐 게 하나도 없었어요. 바뀐 것이 있다면 승객을 바라보는 저의 시각이 바뀐 것이지요.

승객을 승객으로만 보지 말고 가족으로 생각하고 바라보세요.

그러면 여러분도 저와 같이 친절기사가 될 수 있을 겁니다.

강의장 뒤편에서 승무원의 발표를 들으며 괜한 고민을 했다는 생각이 들었다.

승객을 가족처럼 생각한다는 것이 말처럼 쉽지 않다. 하지만 불가능하지 않다.

시내버스 승객들을 위한 서비스

요즘 감정노동이라는 용어를 자주 듣는다.

감정노동이란 실제 자신이 느끼는 감정과는 무관하게 직무를 행해야 하는 감정적 노동을 의미하며, 이러한 직종 종사자를 감정노동 종사자라 한다.

감정노동자의 대표적인 예로 전화 상담원들은 소비자들의 성희롱이나 폭언 때문에 상처도 많이 받고 힘들어 한다.

그래서 현대카드사에서는 '엔딩 폴리시'(Ending Policy · 전화 중단 등 폭언 고객 대응책) 제도를 도입해 성희롱 발언이나 폭언을 하는 경우 2번의 경고를 한 뒤에도 소비자의 폭언이 이어지면 전화를 일방적으로 끊을 수 있게 하였다. '엔딩 폴리시'를 쓰게 되면 30분간 휴식을 취할 수 있다.

GS칼텍스는 '따뜻한 말 한마디가 월요병을 사라지게 한다'라는 한 상담원의 사연을 바탕으로 '마음 이음 연결음'을 만들었다. 연결음에는 '착하고 성실한 딸이 상담 드릴 예정이다', '사랑하는 우리 아내가 상담할 예정이다' 등 상담원도 누군가의 가족이라는 메시지를 담고 있다.

버스 승무원은 버스를 운행해야 하는 육체노동에 승객들과 대면하여 겪는 감정노동을 겸하여 하는 분들이다. 전화 상담원처럼 한 사람과의 전화만 끝나면 일단락되지도 않는다. 그래서 승객이 폭언하는 등 승무원을 힘들게 해도 버스 운행을 멈추고 쉴 수가 없다.

버스 승무원은 승객 여러분의 가족이다.

누군가의 아버지이고 누군가의 남편이고 누군가의 친구이자 형, 동생이다.

옛 속담에 가는 말이 고우면 오는 말도 곱다고 했다.

버스 승무원을 가족처럼 대하면 승무원들도 우리를 가족처럼 친절하게 모실 것이다.

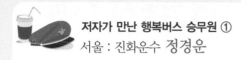

저자가 만난 행복버스 승무원 ①

서울 : 진화운수 정경운

"아저씨 내가 증인 서 줄께요"

정경운 승무원은 대구에서 의류사업을 하던 중 갑작스럽게 부인이 강남구 일원동의 유치원 교사로 취업을 하게 되어 사업을 접고 서울로 올라오게 되었다. 특별한 연고도 없고 취업도 쉽지 않은 상황이었으나 평소 운전을 좋아하고 자신이 있어 대형면허를 취득해 마을버스를 시작하게 되었다.

운전을 좋아했고 잘 할 자신이 있었지만 직업으로 운전을 하는 것은 만만한 일이 아니었다. 그저 하루하루를 버티기에 급급했다. 쳇바퀴 돌 듯 배정된 노선을 도는 일을 겨우 해나가다 몇 달쯤 지나 일이 익숙해질 무렵에서야 비로소 승객들의 얼굴이 눈에 들어오기 시작했다. 마을버스를 타고 출근하고 퇴근하는 승객들은 너나없이 피곤에 지친 모습이었다.

단순히 승객들을 목적지까지 이동시켜주는 일보다 가치있는 일을 할 수 없을까 고민을 하면서 용기를 내어 인사를 하기 시작했다. 처음에는 안 하던 인사를 하려니 쑥스러워 작은 소리로 인사를 했고 승객들도 무덤덤하게 반응했다. 하지만 인사도 자주 하다 보니 익숙해져 한 번 더 용기를 내 조금 큰 소리로 인사를 하기 시작했다. 그랬더니 승객들의 반응도 달라지기 시작했다. 마을버스는 이용하는 승객들이 크게 달라지지 않는다. 인사를 시작하고 몇 달을 지나니 승객들의 얼굴이 더 잘 익혀졌고 승객들에게도 정경운 승무원의 얼굴이 기억되었을 것이다. 하루는 큰 소리로 승차하는 승객에게 인사를 했는데 승객도 정경운 승무원을 향해 '고생하십니다.' 인사를 하는 것이 아닌가. 그때의 일을 이야기하면서 표정이 밝아지며 '하루의 피로가 다 풀리는 것 같았다'라고 말한다.

마을버스 승무원으로 1년쯤 지났을 때 현재 근무하는 진화운수에서 신입 승무원을 채용한다는 공고를 보고 시내버스 승무원으로 이직을 했는데 마을버스에 비해 버스 크기도 커졌고 연봉도 많이 받게 되었지만 사회적인 책무의 무게 또한 커지게 된 것을 느끼게 되었다.

시내버스 승무원이 되면서 사고를 내거나 불친절하겠다는 사람은 없을 것이다. 하지만 모든 버스 승무원이 사명감을 가지고 안전한 운행을 하거나 친절하게 운행을 하는 것도 아니다. 정경운 승무원은 마을버스 승무원을 하면서 가졌던 소중했던 기억을 되살려 승객들에게 인사만은 잘 해 보겠다는 마음가짐으로 시내버스 승무원 직을 시작했다.

가장 보람 있었을 때가 언제였는지를 묻자 잠시 생각에 잠기더니 두 가지 사례를 이야기했다.

"큰 일은 아닐 수 있겠지만 운행 중 갑자기 급차로 변경하는 차량이 있었어요. 사고를 내지 않으려고 급정거를 하게 되었는데 운전을 하는 나도 놀랐고 승객들이 앞으로 쏠리는 상황이 된 것이죠. 그 때 앞자리에 앉아 있던 승객 한 분이 급하게 끼어든 차량을 보며 '뭐 저런 사람이 다 있어~ 아저씨 내 연락처 드릴테니 무슨 일 생기면 나한테 연락하세요'라며 자신의 연락처를 주더라구요. 평소 승객들이 내 편이라고 생각을 해 본적이 없었는데 그 사건 이후 승객들이 내 편이 되기도 한다는 생각을 하게 되었습니다."라고 했다.

한 가지만 더 이야기를 해 달라고 부탁을 했더니 잠시 생각을 하다 입을 열었다.

"한 번은 저의 운전 때문에 차 내부에 부딪쳤다며 보상을 요구하는 승객이 있었습니다. 버스 승무원은 정면을 보고 운행하기 때문에 차내에서 벌어지는 일을 다 알기 어려운 측면이 있어 당황해 하고 있었는데 그 승객이 내리자마자 뒤에 있던 젊은 여성분이 다가와 '아저씨 저 분 쏘하는 거예요. 내가 봤는데 아저씨 잘못 하나도 없어요. 만약에 저 사람에게 보상해 달라고 연락 오면 저한테 연락하세요. 내가 증인 서 줄게요' 하고 명함을 주더라구요. 왜 나에게 이런 호의를 베푸는 걸까 생각을 해 보았는데 평소에 승객들 타고 내릴 때마다 인사를 열심히 한 것을 어여삐 보고 승객들이 나서 준 것이 아닐까 생각이 들더라구요." 라며 그 당시의 상황을 들려주었다.

그렇다면 버스 승무원을 하기 싫었던 때도 있지 않았는지 질문해 보았다.

"우리가 노선버스를 운행하잖아요. 근데 자기가 원하는 길로 안 간다고 화내는 사람이 있어요. 버스는 노선이 정해져 있기 때문에 노선을 이탈하면 안 된다고 설명을 해 주면 알아들을 줄 알았는데 그건 당신 사정이라며 막 성질은 내면 뭐라 할 말이 없어요. 꼭 술 취한 사람만 그러는게 아니구요. 가끔 그런 무리한 요구를 하는 막무가내 승객을 만나게 되면 회의가 들기도 하죠." 라고 한다.

정경운 승무원과의 인터뷰를 노동조합 사무실에서 하고 있었는데 나의 얼굴을 익히 알고 있는 진화운수의 승무원들이 노동조합 사무실을 드나들며 한마디씩 했다.
"강사님! 정경운 승무원 잘 한다고 인터뷰 합니까?"
"우리 회사에서 정경운 만한 사람이 없지~"

승객들에게 하고 싶은 이야기가 있는지 묻자 길 건너편에 버스가 다가올 때 무단횡단을 해 버스에 타는 승객들이 있다며 무단횡단을 하는 승객들의 특징이 자신이 타려고 하는 버스만 신경 쓰지 정작 건너편 도로에서 오는 차량을 확인하지 않고 무단횡단을 해 사고의 위험성이 크다며 늦더라도 다음 차를 타야지 몇 분 일찍 가려고 본인의 생명을 거는 도박을 하지 않았으면 좋겠다고 한다.

진화운수의 관리직에게 '정경운 승무원이 잘 하고 계시죠?' 라고 묻자 아무 말 없이 서류철을 하나 건네주었다. 칭찬 민원을 모아 놓은 서류철 이었다. 몇 장 넘겨보니 왜 서류철을 주었는지 알 수 있었다. 10장도 넘기기 전에 정경운 기사를 칭찬한다는 민원이 3장이나 나왔다. 진화운수의 승무원이 330명 정도이니 얼마나 많은 칭찬이 정경운 승무원에게 집중되고 있는지를 알 수 있었다.

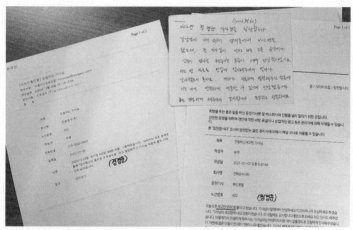

칭찬민원 10장 중 나온 3장의 정경운 승무원 칭찬 사례

이 세상에
무례할 권리가 있는
사람은 아무도 없다.
하지만
무례한 사람은 있다.

Happy Bus Day

Chapter
02

버스
승객

01 : 고객은 무례할 권리가 있다

인천에서 버스 승무원들에게 친절 서비스에 대한 의견을 조사한 적이 있다.

먼저 친절 서비스에 대한 승무원들의 인식을 조사했는데 '승객에게 친절하게 서비스를 해야 하느냐?' 는 질문에 한 사람도 빠지지 않고 친절해야 한다고 답을 했다.
그런데 '지금 친절한 서비스를 제공하고 있느냐?' 를 질문했더니 50%는 '친절한 것 같다' 라고 답을 했고 나머지 50%는 '친절하지 않은 것 같다' 라고 답을 하였다.
친절 서비스의 필요성은 100% 공감하는데 친절하다는 답은 50%가 안 된다.

그래서 승무원들에게 다음과 같은 다른 설문을 했다.

"승객에게 친절한 서비스를 하기에 가장 어려운 이유가 무엇입니까?"

여러 가지 답변 중에 많은 의견을 차지한 몇 가지를 살펴보면 다음과 같다.

① 일의 강도에 비해 적은 보수

② 운전직에 대한 사회적인 시각이 낮음

③ 근무환경의 열악(배차, 도로, 근무지 환경 등)

④ 도저히 친절할 수 없게 만드는 무례한 승객

이 중 가장 많은 승무원이 답을 한 것은 '일하는 강도에 비해 보수가 상대적으로 너무 적다'는 것이다. 승무원 급여 수준은 지역적으로 차이가 조금 심한 편이었다. 버스 준공영제가 실시되고 있는 대도시의 승무원들은 그나마 상황이 나은 데 비해 준공영제를 하지 않는 중소도시의 승무원들은 급여에 대한 아쉬움을 많이 지적했다.

서울, 부산 등 준공영제를 실시하는 지역은 오전반과 오후반으로 나눠 1일 2교대로 근무를 했고, 준공영제를 하지 않는 지역은 새벽부터 저녁까지 온종일 일하고 다음 날 쉬는 격일제로 근무를 했다. 격일제의 경우는 19시간 정도 일을 하고 있었고, 교대제라 하더라도 오전반은 새벽 4시 ~ 4시 30분 첫차 운행을 시작하고, 오후반은 저녁 12시가 넘어 일이 끝나기 때문에 근무시간에 대한 압박과 일의 강도는 일반인이 상상하는 것보다는 크다.

그런 힘든 일을 하는데도 남들이 받는 급여보다 적은 급여로, 친절한 서비스를 실천하는 것은 어렵다는 이야기다.

두 번째로 많은 답을 한 것은 '운전직에 대한 사회적인 시각' 이다. 승무원을 바라보는 사회적인 시각이 존경 수준은 아니더라도 일반적인 수준으로만 봐주면 고맙겠지만 자신들보다 한 수 아래로 보는 것 같아 견디기 힘들고 그런 대접을 받으며 친절하게 서비스를 하긴 어렵다는 것이다.

물론 여기에는 남들의 시선도 있겠지만 자신들 스스로도 운전직에 대한 자긍심을 가지는 경우가 적은 것을 볼 수 있다.

귀중한 일을 하는 만큼 사회적으로도 존경을 받는다면 더 자부심을 가지고 열심히 서비스를 잘할 텐데 사회적인 시각이 아쉽다는 말을 많이 한다.

세 번째로는 '상황'을 이야기한 것이 많았는데, 친절하려면 여유가 있어야 하는데 차를 운행하는 것은 도로 위에서 한바탕 전쟁을 치르는 것 같기 때문에 친절한 서비스까지 신경을 쓸 여유가 없다는 것이다.

일단 승객을 많이 태워야지, 사고 내지 말아야지, 앞 뒤차와의 배차간격 잘 맞춰야지, 거기에 출퇴근 시간대 정체구간 통과나 사고나 기타 사정에 의한 정체구간 통과 같은 복병이 도사리고 있고, 비나 눈이 오는 등의 기후 변화에 따른 도로 여건 등 신경 쓸 것이 너무 많아 친절함까지는 신경을 쓰기 어렵다는 말이다.

위에 나열한 요소들이 상호 복합적인 작용을 해서 지금의 서비스 수준을 형성하고 있겠지만, 도저히 친절할 수 없게 만드는 네 번째 이유로 '무례한 승객'을 들 수 있다.

아침에 첫 근무를 시작할 때는 '오늘 하루 기분 좋게 시작해야지'라는 생각을 하며 차에 오르는 승객에게 친절하게 인사를 건네는 경우가 많다고 한다.
하지만 오랜 시간이 지나지 않아 시비를 거는 승객을 만나면 이후의 승객들에게 친절하게 인사를 해야겠다는 생각이 싹 사라진다고 이야기를 한다.

특히 장유유서의 문화를 몸속 깊이 체득한 우리나라 사람들은 본인보다 나이가 한 살이라도 어린 사람에게서 그러한 대접을 받게 되면 친절한 행동은 고사하고 따끔하게 혼이라도 내주고 싶은 마음이 먼저 들 것이다.

물론 이러한 승객의 반응에 기분 좋을 사람은 없다.
문제는 그러한 무례한 승객을 대하고 나면 승무원의 기분이 나빠져 그다음에 승차하는 승객들을 웃는 얼굴로 대하기 어려워진다는 것이다. 그렇게 되면 뒤에 타는 승객은 영문도 모르는 채 기분이 나빠진 승무원이 운행하는 차에 오르게 된다는 점을 생각해야 한다.
그 승객은 아무 죄가 없다. 단지 앞에 탄 무례한 승객이 승무원의 기분을 상하게 한 차량에 탑승한 것뿐이다. 하지만 이 승객을 처음 맞이하는 것은 승무원의 불쾌해진 얼굴이고 이 승객은 승무원과 버스회사에 대해 불친절한 인상을 받게 될 것이다. 이 승객도 앞의 무례한 승객이 시비를 걸기 전에 차에 탔던 승객들과 마찬가지로 기분 좋게 차에 오를 권리를 가지고 있다.

TV 뉴스 진행자가 그날 안 좋은 일이 있었다고 해서 인상을 쓰고 진행을 하고, 좋은 일이 있었다고 해서 웃음이 가득한 얼굴로 진행을 한다면 그 방송사의 뉴스는 곧바로 시청자들의 외면을 받을 것이다.

마찬가지로 기분 좋아지게 하는 승객들을 만났을 때 친절하게 인사하고 안전하게 운행을 하다가, 기분 나쁘게 하는 승객을 만났을 때 불친절하고 난폭하게 운전을 한다면 승객들은 그 기사가 운행하는 버스를 타기 싫어하는 것은 물론 그 회사의 버스에 대한 이미지가 나빠질 것이다.

이것 하나만 생각하자.

고객은 무례할 권리가 있다.

왜? 고객이니까. 그리고 돈 냈으니까.
'이 사람이 운전한다고 나를 얕잡아 보고 이런 대우를 해?'라는 생각은 사고의 비약일 뿐이다. 설령 그런 생각을 하는 승객이라고 하더라도 그건 승객의 수준일 뿐이지 아무것도 아니라고 생각을 하자.

강의하면서 '고객은 무례할 권리가 있다' 라고 이야기하면 승무원들의 얼굴에서 불쾌한 기색을 찾아볼 수 있다. 백번 양보해 고객에게 '무례할 권리가 있다고 하더라도 그러한 고객을 대하는 사람은 인격도 없나?' 하는 생각이 들기 때문이다.

'고객은 무례할 권리가 있다' 는 말은 얼핏 듣기에는 고객만을 위한 말처럼 들린다. 하지만 이 말에 고객의 입장은 1%도 반영이 되지 않았다. 왜냐하면 '고객은 무례할 권리가 있다' 는 말은 버스 승무원을 위한 말이기 때문이다. 무례한 고객에게 무례할 권리가 있다고 인정하는 것이 승객을 위한 것이 아니라 승무원을 위한 일이라고?
그렇다. 분명히 맞다.

이유를 살펴보자. 무례한 승객은 본인이 무례한 행동을 하고서도 불편해지지 않는다. 그 사람은 그저 이전과 별반 다르지 않은 행동을 한 것이기 때문에 차에서 내리면 승무원과의 불편했던 상황은 잊어버린다. 어제까지 했던 무례한 행동을 오늘 한 번 더 했을 뿐이다.

물론 승무원과의 불편한 상황이 기분 좋은 승객은 없다. 하지만 여기서 이야기하고자 하는 것은 승객의 일방적인 반응이기 때문에 복잡하고 다양한 상황에 대한 언급은 피하기로 하겠다.

승무원 입장에서는 서글픈 생각이 들기도 한다.
'저 사람이 운전한다고 날 무시하는 건가?'
'나이도 젊은 사람이 버릇없이 구는데 그냥 성질대로 한마디 할까?' 하는 생각을 하게 될 때 불편해지는 사람이 누군지 살펴보아야 한다.

문제는 승객의 무례한 행동으로 인해 승무원의 마음이 불편해지면서 이후에 탑승하는 승객들에게 웃는 얼굴로 친절하게 응대하기가 어려워진다는 것이고, 이로 인해 불친절 민원이 발생할수도 있다. 이 생각 저 생각을 하다 보면 사고의 위험성도 높아진다. 결국 무례한 승객 때문에 불쾌해진 것에 대한 손해를 승객이 아닌 승무원이 고스란히 떠안게 되는 경우가 대부분이다.

이 세상에 무례할 권리가 있는 사람은 아무도 없다. 하지만 무례한 사람은 있다.

서비스업 종사자는 친절해야 할 의무가 있지만, 고객에게까지

친절하게 행동하라고 강요할 수는 없다. 더러는 무례한 고객도, 더러는 친절한 고객도 만나게 되는 것이다.

문제는 무례한 행동을 하는 승객에게 똑같은 방법으로 대응을 해서 상처받고 손해를 보는 것은 승무원이라는 것을 알았으면 좋겠다.

승객이 무례한 행동을 했다고 해서 승무원이 민원을 제기했다는 이야기를 들어 본 일은 없다. 하지만 승무원이 친절하게 운행을 해도 승객의 마음에 들지 않는다면 민원을 제기하고 그로 인해 행정기관에 해명하는 등의 고충은 승객이 아닌 승무원의 몫이 된다.

고객의 무례한 행동에 마음을 쓰며 불편해지려는 순간 '그래 저 사람은 고객이지. 무례할 권리가 있는 사람. 마음대로 무례하세요.' 라고 생각을 한다면 어떨까?
무례한 사람에게 화가 나는 이유는 그 사람이 나에게 해서는 안 될 행동을 했다고 생각을 하기 때문이다. 하지만 생각을 바꿔 그 사람은 돈을 낸 사람이고 나에게 무례할 권리를 가지고 있는 사람이라고 생각을 하면 그 사람의 무례한 행동이 더 이상 나를 화나게 하지 않을 것이다. 다만, 승객이 승무원을 인신공격하거나 폭력을 가하는 등의 일을 눈감아 주자는 것은 아니다. 이러한 사안은 법적으로 처리하고 반드시 법적으로 보호받아야 할 별개의 일이다.

승객은 승무원이 어떤 생각을 하고 있는지 모르겠지만, 조금 전에 벌어진 상황에 대해 승무원이 어떤 마음을 가지느냐에 따라 기분이 바뀌는 것은 물론이고 그 뒤의 행동도 달라지게 된다.

그러한 이유 때문에 고객에게 무례할 권리가 있다고 인정하자는 것이다.

고객이 무례할 권리가 있다고 인정하는 순간 편해지는 사람은 누구이겠는가?

바로 승무원 본인이다.

세계 최고의 친절 백화점으로 유명한 미국의 노드스트롬 백화점은 '어떤 상황에서도 자신이 판단하여 고객에 유리하다고 생각되는 일을 실행할 것, 그 외의 규칙은 없다' 는 것을 신조로 삼고 있다.

그렇기 때문에 최고의 친절 백화점으로서의 명성을 유지하고 있는 것이다.

고객은 무례할 권리가 있다고 인정하자. 그리고 고객은 항상 옳다고 생각을 하자.

이러한 마음을 먹는 일은 결코 쉬운 일이 아니다. 대단한 용기를 필요로 하는 일이다.

열등감이 있고 동료 직원들과의 불화나 지나친 경쟁의식에 사로잡힌 사람은 친절한 서비스를 하기 어렵다. 친절은 자신감과 적극적인 태도에서 나오기 때문이다.

인내심이 부족한 사람은 친절을 베풀 수 없다. 성격이 모난 사람은 불친절하다.

친절은 자신의 능력을 표현하는 것이며 자신감을 의미하는 메시지인 것이다.

큰 소리로 이렇게 외쳐보자.

'고객은 무례할 권리가 있다'

One More Time~

02 : 인사 잘하는 버스 골라타기

버스를 탈 때 '반갑습니다' '어서 오세요'와 같은 인사를 하는 승무원들을 자주 보게 된다.

이제는 낯설지 않은 일상이 되어버린 버스 승무원들의 인사지만 예전에는 인사를 하는 버스 승무원이 많지 않았다. 아니 인사를 하는 승무원이 거의 없었다고 봐야 한다.

버스가 대중교통의 절대 강자였던 시절 승무원의 인사는 '언감생심' 빨리 뛰어오지 않고 걸어와 탔다며 구박이나 안 당하면 다행인 경우도 있었다.

인사를 하지 않는 승무원을 탓하기에는 근무환경이 좋지 않았다.

지금이야 준공영제를 실시하고 시설적인 면이나 도로 여건 등 많은 부분이 개선되었지만 8~90년대만 하더라도 버스의 환경이 썩 좋지 못했다.

가장 크게 바뀐 것 중의 하나가 중앙버스전용차로의 도입이다. 버스가 중앙 차로로 빠르게 달리다 보니 지연 운행에 따른 스트레스에서 벗어날 수 있고, 버스 안에 있는 단말기를 통해 앞뒤 차량과의 간격을 정확히 알고 운행할 수도 있게 되었으며, 무엇보다 운송 수입금을 시에서 관리하게 되면서 승객을 한 명이라도 더 태우려고 타 버스와 경쟁을 하는 것이 사라져 운행에 여유가 생기게 되었다.

한겨레 신문 2006년 4월 18일

독자 기자석 시내버스 기사의 인사

서울에서 매일 시내버스를 이용하는 대학생이다. 운전기사의 불친절, 난폭 운전, 정류장 무정차 등 버스의 문제점은 항상 있어왔다. 그러나 버스 체계가 개편되고 이미지 쇄신을 위해 노력하는 요즘, 기분 좋은 현상이 훨씬 더 많아진 것 같다. 버스 운전기사가 탑승하는 승객들에게 하는 인사가 그것이다.

인사를 처음 접했을 때는 버스 기사에 대한 그동안의 이미지와 맞지 않아 당황했지만 지금은 인사를 자연스럽게 받고, 받을 때마다 너무 기분이 좋다. 버스에 번쩍번쩍 새 페인트칠을 한 것보다 간단한 인사가 버스를 더 밝게 보이게 한다. 기사들도 직접 승객에게 인사를 하면 책임감도 생기고 따라서 난폭 운전도 자연스럽게 줄어들 것이다.

하지만 이상한 건 승객들의 태도다. 대다수의 사람은 인사를 받아도 본 척 만 척 카드만 찍고 자리에 앉는다. 이런 일이 반복되면서 기사들도 인사를 하나 마나 한 것으로 여기는지 처음보다 인사를 하는 횟수가 많이 줄었다. 인사를 당연한 듯이 받아들이는 근거 없는 우월감과 무관심 때문에 막 자리 잡기 시작한 이 좋은 현상이 사라지는 건 아닌지 걱정된다.

이제 승객들의 차례다 인사를 받으면 밝은 웃음으로, 아니면 가벼운 목례로라도 답하자. 나아가 먼저 인사하는 습관도 가졌으면 좋겠다. 이것이 바로 서로 기분 좋고 안전 운행에도 도움이 되는 진정한 윈-윈 전략이다.

박지훈/서울 성북구 정릉1동

그러면서 지자체에서도 버스회사에서도 운송수입금보다는, 서비스 만족도를 우선순위에 두게 되었고 자연스럽게 인사를 강조하게 되었다.

서울시에서 준공영제를 시작한 지 15년이 넘은 2021년 현재 과연 승무원들은 인사를 잘하고 있을까?

하고 있다면 전체 승무원 중 몇 퍼센트 정도 승객들에게 친절하게 인사를 하고 있을까?

서울시에서 운행되는 시내버스 모두를 전수조사한 것이 아니어서 정확한 수치라고 말하기는 곤란하지만, 많이 잡아도 50%를 넘기 어려울 것 같다.

하지만 놀랍게도 내가 타는 버스의 승무원들은 90%가 넘게 인사를 한다.

인사를 잘하는 버스를 골라 타는 재주가 내게는 있는 것일까?

물론 그런 재주는 내게 없다. 그럼 비결이 무엇일까?

어떤 분들은 버스회사에 가서 교육하는 사람이라 얼굴을 아니까 인사하는 것 아니냐고 한다. 일부는 맞았다. 내가 강의하러 갔던 회사의 승무원들은 내 얼굴을 알기 때문에 다가오는 것만 보고도 반가워 인사를 한다. 하지만 내가 강의를 하러 가지 않는 회사의 버스에 탈 때도 90% 정도의 승무원들이 인사를 하는 것을 보면 딱 맞는 답변이 아니다.

이미 눈치를 채신 분들이 있겠지만 내가 먼저 인사를 하는 것이 비결이다.

버스에 올라탈 때 승무원 중 일부는 올라타는 승객을 쳐다보지도 않는다. 그런데 어떻게 인사를 제대로 할 수 있겠나?

그때 승객이 '안녕하세요?' 하고 인사를 하면 당황해하면서 '네~ 네 안녕하세요.' 인사를 하게 된다.

내릴 때도 마찬가지다. 정류장에 도착해 문이 열릴 때 '고맙습니다.' 또는 '수고하세요.' 하고 인사를 하면 이때는 여유롭게 '네~ 안녕히 가세요.' 하고 인사를 건네주신다.

인사를 잘하는 버스에 골라 타는 방법은 의외로 쉽다. 내가 먼저 인사를 하면 인사는 돌아오게 마련이다. 인사의 돌아오는 원리를 이용해 '인사는 부메랑' 이라는 제목으로 강의안을 만들어 강의했는데 우리 회사의 소속 강사님 중 한 분이 똑같이 하기는 싫었는지 '인사는 메아리' 라는 제목으로 바꾸어 강의한 경우도 있었다.

부메랑의 원리

1. 부메랑은 돌아오도록 만들어졌다.

크기, 모양 등 던지면 원심력의 작용으로 타원형 회전을 하며 던진 곳으로 돌아오도록 만들어졌다.

2. 잘 못 던지면 돌아오지 않을 수도 있다.

아무리 돌아오도록 만들어진 부메랑이라도 던지는 사람이 제대로 던지지 않으면 돌아오지 않는다. 예를 들어 부메랑을 세워 던진다면 하늘을 날아 돌아오는 것이 아니라 땅에 꽂히고 말 것이다.

3. 잘 던져도 장애물에 걸리면 돌아오지 않는다.

던지는 사람이 아무리 잘 던져도 나뭇가지에 걸리거나 벽 같은데 부딪치면 돌아오지 못한다.

4. 돌아오기까지는 시간이 필요하다.

부메랑을 던지면 그 즉시 내게 돌아오는 것이 아니라 허공을 어느 정도 비행한 후에 내게로 돌아오게 된다.

5. 더러는 내게 돌아오지 않을 수도 있다.

부메랑이 돌아오는 원리를 가지고 있더라도 꼭 던진 자리로 돌아오지는 않는다. 이쪽 방향으로 오는 것뿐이지 던진 위치 그대로 돌아오지 않는다.

부메랑이든 메아리든 인사의 원리가 그 안에 잘 녹아 있다는 생각이 들었다.

그런데 인사는 부메랑이라고 강의하기에 앞서 이 원리가 적용되는지 확인할 필요가 있었다. 그래서 버스에 탈 때마다 인사를 하며 승무원들의 반응을 살펴보니 부메랑의 원리가 잘 적용되고 있었다. 버스 이외의 장소에서도 적용이 되는지 실험을 해 보고 싶었다. 그래서 살고 있는 아파트의 엘리베이터에서 인사 실험을 하기 시작했다.

엘리베이터에 타면 어떤 행동을 하나? 중간에 다른 층에 사는 사람이 타게 되면 그들과 인사를 나누고 있나? 아닐 것이다. 그래서 엘리베이터 안에서 스마트폰을 보거나 벽면을 보고 있는 사람들이 많다.

처음 엘리베이터에서 인사를 했을 때 사람들의 반응은 위아래로 훑어보는 것이었다.
'혹시 내가 아는 사람인가?' 생각을 하면 쳐다보다가 이내 같은 아파트에 사는 주민이 인사를 하는구나 싶어 상대방도 어색한 인사를 건네게 된다.
다음번에 그 사람을 만나 엘리베이터에서 인사를 하니 이제는 자연스럽게 인사를 건네준다.
한 달 정도 인사를 꾸준히 했더니 놀라운 변화가 보이기 시작했다. 이제는 엘리베이터에서 만나면 나보다 먼저 인사를 하는 경우도 있고 그들끼리도 엘리베이터 안에서 인사를 하기 시작한 것이다.

역시 인사는 부메랑이고 메아리인 것 같다.
인사를 잘하는 버스를 타고 싶은가?
그럼 승무원의 인사를 만들어 보자.
어떻게?
'안녕하세요?' 먼저 인사하는 것으로

승무원에게
아직 승객에게 보낸 부메랑이 돌아오지 않았다면 돌아오는 중이라고 생각을 해 보시라.

승객에게
버스를 타면서 승무원에게 인사를 했는데도 아직 반응이 없었다면 내가 던진 부메랑이 지금 돌아오고 있는 중이라고 생각을 해 보시라.

03 : 버스 승무원의 하루

인터넷에서 '버스기사의 하루' 라는 글을 보게 되었다.

버스기사의 하루

정류장에서 기다리는 사람이 이 버스를 탈지, 안 탈지 재빨리 알아차려야 한다.

그리고 탔을 경우, 요금을 제대로 냈는지 확인해야 한다. 그리고 현금영수증 버튼을 눌러주어야 한다.

방금 탄 손님이 '한 명 더요.' 를 외치면, 단말기의 버튼을 눌러줘야 한다.

뒷문으로 사람이 내릴 때 오토바이가 지나가는지 살펴야 한다. 뒷문으로 사람이 다 내렸으면 거울로 재빨리 살피고 문을 닫아야 한다. 매 정류장마다 안내방송이 잘 나오는지 확인해야 한다.

때마침 반대편에 지나가고 있는 같은 번호 버스기사와 손을 들어 인사도 해야 한다. 출퇴근 시간에 지하철역 근처 버스정류장에 서 있는 택시들과 가끔 싸움도 해야 하며, 버스의 진로를 방해하는 기타 승용차와도 한바탕 싸움을 해야 한다.

여러 승객을 빠르게 모셔다드리기 위해, 큰 덩치를 이용한 끼어들기, 중앙선 넘기 등의 다양한 기술도 발휘해야 한다. 정류장에서 '어디 어디가요?' 등의 질문에 대답해줘야 하고, 이를 위해서는 버스 정류장 이름 외에도 그 주변의 유명한 건물이나 장소도 알아둬야 한다.

가끔 '어디 어디에서 내려줘요.' 라고 택시 탄 것처럼 얘기하는 사람의 부탁을 받기도 한다.

이 많은 일을 하는 중간중간에는 요금통 돈 내리기도 해야 한다.

반대편 같은 번호 버스랑 가까이 서게 되면 창문을 열어 '몇 바퀴째야?' 라고 다정히 안부도 전해야 한다.

정류장에서 좀 지난 곳에서 버스를 타려고 달려와서 문을 두드리며 애처로이 서 있는 승객에게 인심 쓰듯이 문을 열어 줘야 하고, 눈이나 비가 오면 일어나서 창문도 닦아야 한다. 사람이 꽉 찰 정도로 타면, '거기 안쪽으로 좀 들어가 주세요!' 라고 외쳐야 한다.

신호대기 중에 '칙~!!' 하고 버스 가스도 빼 줘야 한다.

어두워지면 실내등도 켜줘야 한다.

이 외에도 라디오 채널도 바꿔야 하고, 기사 바로 뒤에 탄 승객이 자꾸 말을 걸면 얘기도 해야 되고, 종점에 다 와서까지 자고 있는 승객이 있으면, 깨워서 집에 보내야 하고, 노선을 도는 동안 계속 앞 뒤차와의 간격을 맞춰야 한다. 휴~ 버스기사의 하루는 너무너무 바쁘다.

■ 출처 미상

강의하면서 의도적으로 **빠르게**(강사가 본문을 빠르게 읽는 이유는 승무원들의 하루가 분주한 것을 표현함) 읽어드리면 승무원들이 격하게 공감을 한다.

승무원들의 일터는 단순한 일터가 아니라 어떤 때는 전쟁터와도 같다.

글에서도 나온 것과 같이 운행 중 승무원들이 단순히 승객을 태우고 내려주며 노선을 도는 일만 하는 것이 아니다.

언젠가는 인사에 대한 강의를 하며 '서비스를 제공하는 사람으로서 인사를 하는 것이 당연하지 않느냐?'는 취지로 이야기를 했더니, 승무원이 승객에게 인사를 해야 한다는 것에는 동의를 하지만, 현실적으로 쉽지 않다는 답변이 돌아왔다.

이유를 물어보니 정류소에 정차를 하게 되면, 해야 할 일이 너무 많다는 것이다.

뒷문으로 내리는 승객 확인해야 하는데, 승객들이 모두 내릴 준비를 하고 있다가 내리는 것이 아니라, 휴대폰을 보고 있는 등 다른 행동을 하다 뒤늦게 내린다는 의사를 표하는 경우가 있어 신경이 쓰인다는 것이다.

앞문으로 타는 승객이 요금을 제대로 내는지도 확인해야 하고, 출발하기 전에 자리를 잡았거나 손잡이를 잡았는지 확인을 해야 한다.

다인승 승차의 경우 버스 단말기 조작을 해야 하는 경우가 있고, 단말기를 조작하려는 사이 뒷사람이 태그를 하면 조작하기 어려운 상황이 발생하기도 한다.

버스에 타면서 목적지를 물어보는 승객도 있어 일일이 답변을 해 주어야 하고, 승객들이 타고 내리는 중에도 좌우의 백미러를 보며 교통상황도 체크를 해야 한다며, 정류소에서 이렇게 바쁜

데 어떻게 인사에까지 신경을 쓰면서 일을 하느냐고 하는 이유를 이야기한다.

게다가 운행이 시작되며 마치는 순간까지 사고 없이 운행해야 한다.

버스를 이용하는 승객들은 참 바쁘다.

출근해야 하고, 학교 가야하고, 병원 가야하고, 약속 장소에 늦지 않게 가려면 참으로 바쁘다.

그런데 바쁜 사람들을 목적지까지 데려다주는 역할을 하는 버스 승무원도 바쁘다.

특히 정류장에서는 한 사람이 여러 가지를 챙겨야 하니 더 바빠진다.

혹시라도 버스 승무원이 정류장에서 바빠서 승차하는 승객에게 인사하는 것을 잊어버린다면, 상대적으로 정류장에서 덜 바쁜 승객이 이해하자.

아니 승객이 먼저 승무원에게 인사를 건네보자.

소제목이 '버스 승무원의 하루' 인데 버스 승무원 Chapter에 있지 않고 버스 승객 Chapter에 배치한 이유이다.

아침 일찍 출근하는 사람들을 위해 그들보다 먼저 출근해 하루를 시작하는 버스 승무원.

저녁 늦게 퇴근하는 사람들을 집에까지 모셔다 드리고 종점까지 가야 하루의 일과를 끝내는 버스 승무원.

버스 승무원의 하루는 바쁘기도 하지만 참으로 고되다.

04 : 보는 곳이 다르답니다

🚌

　　군맹무상(群盲撫象)이란 여러 명의 맹인(시각장애인)이 코끼리를 어루만진다는 뜻이다. 옛날 인도의 경면왕은 맹인들에게 코끼리라는 동물의 생김새를 가르쳐주기 위해 궁궐로 모이게 했다. 모인 맹인들 앞에서 신하에게 코끼리를 끌고 오게 하여 그들로 만져 보게 했다.

그리고 왕은 물었다. "코끼리가 어떻게 생겼는지 알겠느냐?"

상아를 만져 본 맹인은 "무와 같습니다."라고 답했다.

귀를 만져 본 자는 "키와 같습니다."라고 말했다.

머리를 만져 본 자는 "돌과 같습니다."라고 말했으며 코를 만져 본 자는 "절굿공이 같습니다."라고 말했다.

이처럼 맹인들은 각자 자신들이 만져 본 부위가 코끼리의 전부인 양 착각했다.

부분만 보고 전체를 본 것으로 착각하는 경우를 빗대는 말로
"맹인이 코끼리 만지기식이다."라는 표현이 널리 쓰인다.

이 이야기를 들으면 대부분 공감이 갈 것이다.
그런데 우리도 이와 같은 실수를 삶의 곳곳에서 저지르면서 살
고 있다.
자신이 본 것, 경험한 것이 전부인 것처럼 생각하면 얼마든지
이런 오류가 발생할 수 있다.
버스 승무원에게 친절서비스 교육을 하면서 관점의 차이가 얼
마나 중요한지 알게 된 사례가 있다.

버스 승객이 민원을 제기했다.
버스 승무원이 버스를 타기 위해 열심히 달려오는 자신을 빤히
바라보면서도 태우지 않고 버스를 출발시켰다는 것이다.

버스 승무원의 이야기는 다르다.
정류장에서 승객을 내려드리고 태운 뒤 좌우 확인하고 버스를
출발시켰는데, 뛰어오는 승객을 보지는 못했다는 것이다.

같은 상황에서 다른 이야기를 하면 누구의 말을 믿어야 할까?

아니 누구의 말이 맞는 말일까?

민원의 원인이 되었던 장면을 동영상으로 보면서 의문이 풀렸다.
두 사람의 말이 모두 맞을 수도 있겠다는 생각이 들었다.

먼저 승무원의 관점에서 살펴보자.
승무원은 버스가 정류장에 머물 때 가장 바빠진다.
우선 정류장에 안전하게 진입해야 하며, 하차 문을 열어주어 하차 승객을 내려주어야 한다. 승차 승객들에게 인사도 해야 하고, 요금이 제대로 납부되는지 확인도 해야 한다. 그 사이 목적지에 대한 질문을 하는 승객들의 질문에 응대도 해 주어야 하고, 앞 차량의 상황과 전방 신호도 체크해야 한다.

문제는 버스를 출발시키는 상황이다.
버스 승무원은 버스가 출발하기 직전 시선이 좌측을 향한다. 버스를 좌측 방향으로 진로 변경하며 출발시켜야 하기 때문이다. 좌측에 진행하는 차량의 움직임을 살피는 것이 무엇보다 중요한데, 이를 소홀히 하면 사고가 발생한다.
그런데 버스 승무원이 좌측만 보는 것은 아니다. 전방도 보아야 하고 우측의 상황도 봐야 한다. 자연스럽게 좌측에서 우측으로 시선이 전환된다.

반면 전방에서 이 버스를 타기 위해 뛰어오는 승객의 시선은 한 군데 고정되어 있다. 바로 버스 승무원이다. 이유는 버스 승무원이 뛰어오는 자신을 봐야 태워줄 것 아니겠는가?
버스 승무원이 좌측을 보며 차량을 출발시키는가 싶었는데, 다행스럽게 시선이 우측으로 돌아와 자신을 보았다. 그런데 뛰어오는 자신을 보고도 버스를 세우지 않고 가 버리는 것이다. 못 봤다면 이해할 수도 있다. 하지만 분명 자신과 눈이 마주쳤다.

앞에서도 살펴보았듯 버스 승무원의 시선은 좌측에서 시작해 우측까지 두루 살펴본다. 그럼 전방에서 뛰어오는 승객을 보았을까? 아니면 보지 못했을까?
버스 승무원의 답변은 보지 못했다는 것이 대부분이다.
설령 뛰어오는 승객을 보았더라도 내가 운행하는 버스 말고도 뒤에 있는 버스도 있는데, 이 버스를 타기 위해 손짓을 한다는 생각을 못 할 수도 있다는 것이다.
또한 내 버스를 타기 위해 뛰어온다고 생각을 했다고 하더라도 이미 출발을 하였고 차내에는 불안정한 승객이 있어 자칫 제동

했을 때 사고의 위험이 있는데 어떻게 하느냐는 이야기를 한다.

출퇴근 시간에 차 한 대를 놓치면 지각을 할지도 모르는 승객의 간절함과 가뜩이나 바쁜 정류장에서 모든 것을 확인하기 어려운 상황적인 요소도 있지만, 사고의 위험을 무릅쓰고 세우기 어려운 현실적인 문제가 있다는 이야기가 모두 가볍게 들리지 않는다.

승객에게 버스 승무원의 입장을 이해하라는 말을 할 수 있으면 좋겠지만, 아쉽게도 그런 기회는 없다. 반면 버스 승무원들은 의무적으로 받아야 하는 교육이 있다 보니, 승객의 입장을 이해하라는 이야기를 하게 된다.

서로의 입장이 되어 보면 이해하지 못할 일이 없다. 승무원과 승객들은 입장 자체가 다르다. 버스 승무원은 승무원이면서 때로는 승객이 되기도 한다. 승객의 입장을 경험해 볼 기회가 있다. 하지만 승객은 승무원이 될 수가 없다. 즉, 승무원의 입장을 헤아리기 어렵다는 이야기다.

'역지사지'는 상대방의 위치에서 생각해 보라는 것인데 한쪽은 상대의 입장을 경험할 수 있지만, 다른 한쪽은 상대의 입장을 경험해 볼 수 없다면 누가 상대의 입장을 헤아려 주어야 하겠나?

물론 승객이 승무원이 되어보지 못했다고 승무원의 입장을 전혀 헤아릴 수 없는 것은 아니다.

지금 뭔가 내 마음에 안들 때 내 관점에서만 문제를 바라보지 말고 상대방의 입장이 되어서 바라보는 시도라도 해 보면 좋겠다.

용기 내어 승객들에게 부탁을 드리고 싶다.

승무원의 불친절한 행동으로 민원을 내기 전에 '버스 승무원은 왜 그런 행동을 했을까?' 하는 생각을 한 번만 해 보시길 권유드린다.

승객이 보는 것과 승무원이 보는 것은 다르기 때문이다.

05 : 낯선 풍경

🚌

　　나는 직업상 버스 승무원들에게 안전교육과 친절교육을 하다 보니, 안전운행을 하는 것이 습관처럼 몸에 배어 있다. 하지만 시간이 촉박해 늦을 경우에는 속도를 높여 운행하는 때도 있다. 지금은 성인이 된 아들이 5살 때의 일이다. 아들과 함께 차를 타고 가다가, 속도를 조금 높여 운행하는 일이 있었다. 그때 아들의 입에서 무의식적으로 튀어나온 말

"와 우리가 이긴다. 아빠 우리 차 버스 같아요"

"왜?"

"빨리 달리잖아요"

"버스가 빨리 달려?"

"네~ 버스는 막 빨리 달려요"

아들 눈에는 버스가 빨리 달리는 차로 보였나 보다.

운수업은 역사가 그리 오래되지 않았지만 등장하면서부터 일상생활을 하는데 없어서는 안 될 중요한 산업이 되었다.

과거 운수업은 호황 산업이었다. 운수업 중에서도 많은 인원을 태우는 시내버스의 역할은 이루 말로 할 수 없었다.

지금은 교통수단이 다양해졌지만 1980년대만 하더라도, 버스를 제외하면 별다른 이동수단이 없었기 때문이다.

일반적인 산업에서 더 많은 고객을 유치하기 위해서는 더 나은 서비스를 제공해야 한다.

하지만 버스는 노선에 따라 승객이 결정되고, 버스 이외의 선택할 수 있는 대안이 없었기 때문에 서비스에 신경을 쓰지 않아도 고객은 결정이 되어 있었다.

그래서 버스에서 승무원에게 인사를 받는다는 것이 오히려 낯선 풍경처럼 느껴지기도 했다.

다음은 2006년도에 네이버 블로그에 올라온 글인데 버스 승무원의 인사에 대해 내게 깊은 감명을 주었다.

버스에 올라서자마자 운전기사 아저씨가 인사를 하신다.
조금은 낯선 풍경.

매일같이 들쑥날쑥한 배차시간에
카레이서 수준의 난폭 운전으로
2224버스는 언제나 짜증을 동반하던 곳이었는데...

커브길.
"커브길입니다. 손잡이를 잘 잡아주세요"
인사를 받았을 때보다 더 놀랍다.

내심, 나는 이런 친절에 익숙하지 못했던 것일까라는 생
각이 든다.
그러면서도 괜스레 기분이 좋아진다.
아저씨의 인사 한마디에, 친절한 배려 하나에
그렇게 짜증 섞인 공기만을 담고 있던 2224번 버스가
풋풋한 정을 담고 있는 곳으로 바뀐다.

나도 인사를 하고 싶었다.
"감사합니다." 한마디면 되는 것을
이상하게 말이 튀어나오지 않는다.

내가 머뭇거리고 있는 사이
옆에 있던 여자 승객이 큰 소리로 말한다.
"아저씨! 감사합니다."

운전기사 아저씨도 머뭇거리며 인사를 받는다.
침착하게 인사를 건네던 아저씨가
"아..네..네..." 라고 떠듬거리며 대답하는 걸 보니
아저씨 역시 승객들의 인사가 낯 설은 모양이다.

서로의 친절에 익숙하지 않았던 그들이
인사 한마디씩을 건네며 2224번 버스 안을
아주 포근하게 만들었다.

왠지... 또... 살만한 세상이라는 생각이 든다.

다음엔... 내가 먼저 인사를 건네볼까...
"수고하십니다..."

[출처] 성수동 2224 버스 | 작성자 행복마야
https://blog.naver.com/akdiek79/20025694482

버스 승무원의 인사를 받자 승객이 어리둥절해 한다. 버스 승무원이 인사한 것도 놀라운 데 커브 길에서 조심하라고 말을 한 것은 더 놀랍단다. 버스에서 쉽게 볼 수 있는 상황이 아니었기에 낯선 풍경이라고 표현을 했다.

시내버스에서 승무원이 인사를 하는 것이 그렇게도 낯선 풍경일까? 그리고, 그렇게 놀라운 일인가? 생각해 보면 당연한 일인데…

버스 승무원의 인사도 어리둥절하고 놀라운 일인데, 승객이 버스 승무원에게 인사를 하는 모습은 더 찾아보기 어렵다. 그나마 신문이나 TV 뉴스를 통

해 친절 승무원의 기사나 뉴스는 가끔씩 보게 되지만 친절한 승객의 모습은 보기 어렵다.

시내버스 승무원들의 말을 들어보면 승객 100명에게 인사를 하면, 한 명 내지는 두 명이 인사를 받아주고 대다수는 대꾸조차 없다고 한다. 더욱 심각한 것은 개중에 몇 명은 인사를 하는데도 시비를 거는 경우가 있다고 한다.

블로그의 관리자는 다음에 버스를 탈 때 먼저 인사를 하겠다는 훌륭한 생각으로 글을 맺는데, 이런 승객들만 있어도 시내버스 운전할 맛이 날 것이다.

하지만 승객에게 먼저 인사를 하라고 하거나 승무원이 인사를 하면 대꾸라도 하라고 승객에게 요구하기는 힘든 일이다.

버스 승무원이 승객에게 인사를 하는 장면은 과거에 낯선 풍경이었다. 그래서 버스 승무원 중에서 인사를 잘하는 사람이 뉴스에 나오는 경우도 있었다.

서비스를 생명으로 하는 할인 마트나 백화점에서 인사 잘한다고 뉴스에 나오는 일은 없다. 왜? 당연하다고 생각하니까.

이제는 버스에서 인사하는 승무원의 모습도 더 이상 낯선 풍경이 아니다. 그러다 보니 인사를 잘한다고 방송국에서 취재해서 보도하는 일도 거의 사라졌다.

서울에서 시작된 시내버스 준공영제가 도입된 지 이제 20년이 다 되어가고, 부산을 비롯한 거의 대부분의 광역도시에서도 실시하고 있으며, 광역도시는 아니지만 일부 지자체에서도 시내버스 준공영제를 검토하고 있다.

준공영제를 실시하면서 승무원들의 처우가 좋아지고, 근무환경이 개선되면서 승객에게 인사를 하는 문화가 자리를 잡아가고 있다.

이제까지는 버스 승무원이 승객에게 인사하는 장면이 낯선 풍경이었지만 머지않아 반대로 승객에게 인사하지 않는 버스 승무원의 모습이 낯선 풍경이라고 이야기할지도 모르겠다.

이제는 버스 승무원의 서비스 질을 높여 버스에 오르는 승객들에게 누구나 인사를 하는 일이 당연한 일이 되고, 간혹 인사 안 하는 승무원이 있다면 '아직도 버스 승객에게 인사 안 하는 승무원이 있다'는 신문기사나 뉴스의 보도를 내보내는 즐거운 상상을 해 본다.

한 가지 덧붙이자면 기사들이 내뿜는 서비스라는 바이러스에 감염된 승객들도 모두 버스 타며 인사하는 그야말로 즐거운 상상을 해본다.

06 : 공짜 승객은 없습니다

버스 승무원 대상으로 강의를 하다 보면 승객에 대한 불만을 토로하는 경우가 있다.
시내버스가 운송 서비스를 제공하는 일이니 승객들에게 친절해야 한다는 것은 알고 있지만, '해도 너무한 승객도 있는 것이 사실 아니냐'는 것이다.

우리는 고객에게 왜 친절한 서비스를 제공해야 할까?
정답은 '고객'이기 때문이다. 고객은 자신이 구매하는 제품이나 서비스를 이용하기 위해 비용을 지불하는 사람이다.

제품의 경우 '제품 자체가 제공하는 만족감'이라는 서비스가 존재하지만, 서비스업에서는 제공하는 상품이 서비스 자체이다 보니 친절 여부에 따라 만족도가 크게 차이가 난다.

TV를 샀는데 화질이 좋고, 리모컨으로 모든 것이 잘 조종되며, 사람이 하는 말을 인식해 원하는 서비스를 제공한다면 제품 자체에서 제공하는 만족감이 발생하게 된다. 물론 제품이 좋아도 제품을 판매하거나 A/S를 담당하는 직원의 불친절로 인해 제품에 대한 이미지가 안 좋아지는 경우가 발생하기도 한다.

반면 서비스업의 경우 서비스 고객에게 직접적으로 제공하는 제품보다는 서비스업 종사자가 제공하는 서비스에 따라 만족감이 크게 차이가 난다는 것이다.

대중교통인 시내버스의 경우 승객을 A 지점으로부터 B 지점까지 이동시켜 드리는 동일한 서비스를 제공하는 것 같지만, 난폭하게 운행하는 승무원의 버스를 이용한 경우와 편안하게 운행하는 승무원의 버스를 이용한 경우를 비교해보면, 만족도의 편차가 크다. 동일한 운행을 제공하는 경우라도 친절하게 응대하는 버스와 반대로 불친절하게 응대하는 버스의 만족도 차이도 크게 마련이다.

고객의 입장에서는 같은 값을 지불하고 버스를 이용하는데 운행의 질이 차이가 나고, 제공하는 서비스의 질이 차이가 난다면, 기왕이면 편안한 운행을 하는 버스, 친절한 응대를 하는 버스를 이용하고 싶지 않겠는가?

고객은 버스를 이용하며 비용을 지불한다. 우리가 고객에게 받는 비용에는 운송에 대한 비용도 있겠지만 서비스에 대한 비용도 존재한다.

가까운 거리를 이동하는 것보다 먼 거리를 이용하게 되면, 운송에 대한 비용을 더 지불하게 된다. 준공영제가 되어 환승할인을 하는 경우에도 이동거리가 길면 추가로 비용을 지불하게 된다. 하지만 고객이 내는 비용은 운송에 따른 비용만 있는 것이 아니고, 서비스에 대한 비용도 포함되어 있다고 보아야 한다.

2016년도에 고급택시가 도입될 때 고급택시 승무원 양성교육을 진행한 적이 있었다. 고급택시란 모범택시보다 상위 서비스를 제공하는 택시로, 일반택시에 비하면 2배 이상의 요금이 발생하고 모범택시에 비해서도 1.5배 정도의 택시비가 나온다.

교육 대상자의 60% 이상이 모범택시 승무원이었는데, 한 번은 한 승무원이 과거의 경험담으로 이런 이야기를 하는 것을 들었다.

"이봐 나는 소나타 가지고 모범택시를 운행해. 그랜저로 운행해도 같은 요금, 에쿠스로 운행해도 같은 요금, 소나타로 운행해도 같은 요금을 주는데 뭐 하러 비싼 차를 뽑아. 비싼 차 뽑는 사람이 바보지."

모범택시를 운행하는 승무원 입장에서 경제적인 논리로 접근한 것 같은데 얼핏 들으면 맞는 이야기를 하고 있는 것 같다. 그런데 이 논리를 한 번 뒤집어 보았다.

모범택시를 운행하는 승무원의 입장이 있다면 모범택시를 이용하는 승객의 입장도 있을 것이다.

중형차(소나타)를 타도, 준대형차(그랜저)를 타도, 대형차(에쿠스)를 타도 같은 비용을 낸다면 누가 중형차(소나타)를 타고 싶겠는가?

내 관점에서 비용의 적정성이 있다면 상대방의 관점에서 편익의 적정성에 대해서도 생각해 보아야 한다.

버스 승무원 대상 교육에서 비용을 내는 고객에게는 친절해야한다고 이야기하니 한 분이 골똘히 생각하더니 질문을 했다.

"강사님 돈을 내는 승객에게 친절해야 한다는 말씀은 잘 알겠습니다. 그런데 돈을 내지 않는 사람에게는 친절하지 않아도 되는건가요?"

질문자의 의도를 바로 알아차렸다. 미취학 아동이나, 만 65세 이상의 경로 우대자는, 버스에 탈 때 버스 요금을 내지 않는데, 이런 경우에도 사고가 나면 보상을 해 주어야 하고, 이분들의 민원에도 응대해야 하는 것은 불합리한 것 아니냐는 의미이다.

그래서 이렇게 답변을 해 주었다.
"질문하신 의도는 잘 알아들었습니다. 하지만 버스를 이용하면서 요금을 내지 않는 승객은 없습니다. 즉 공짜로 이용하는 승객은 없다는 것입니다."라고 했더니
"공짜 승객이 왜 없습니까? 오늘도 많이 태웠는데."

버스를 공짜로 이용하는 승객은 과연 없는 것일까?
맞다. 공짜 승객은 없다.

승객들이 버스를 탈 때 내는 비용은 요금과 세금으로 구분해 볼 수 있다.
먼저 요금은 버스를 이용하는 사람에 따라 성인 000원, 청소년 000원 등과 같이 구분되거나 이용하는 거리에 따라 지불하게 되는 것이다. 요금만 놓고 보면 공짜 승객이 있다. 미취학 아동이 요금을 내지 않고, 만 65세 이상의 어르신이 요금을 내지 않으니 말이다.

그런데 우리가 승객에게 받는 것은 요금만이 아니다. 세금이 추가되어야 한다.

현재 시내버스는 승객들이 낸 요금만으로 운영되지 않는다. 환승으로 인한 손실금을 세금으로 충당해 주고 있다. 일반버스에 비해 1억 원가량 비싼 저상버스를 도입할 경우 세금으로 보전을 해 주고 있다. 준공영제를 하는 경우든, 준공영제를 하지 않는 경우든, 요금만으로 운영되는 버스회사는 우리나라에 단한 군데도 없다고 보는 것이 맞다.

시민들이 낸 세금이 포함되어 버스회사가 운영되고 승무원들이 월급을 받고 있다.

그러니 취학을 한 학생부터 만 65세가 되기 전까지의 활동 인구가 낸 요금도 버스 승객으로서 내는 비용이지만, 그들이 각종 경제활동을 하며 낸 세금도 우리가 버스를 운행하는 데 필요한 비용에 해당한다고 보아야 한다.

즉, 버스를 이용하는 승객 중 공짜 승객은 단 한 명도 없다는 것이다.

앞에서 승무원이 승객들에게 친절한 서비스를 제공해야 하는 이유는, 그들이 고객(비용을 지불하는 사람)이기 때문이라고 했다.

그리고 고객이 지불하는 비용에는 운송에 대한 비용도 있지만,
그들이 받아야 하는 서비스의 비용도 있다고 했다.

버스에는 공짜 승객이 없다.
요금을 내는 승객과 세금을 내는 승객이 있을 뿐이다.

07 : 아저씨 잘못 아니에요

2012년도 폴리텍대학교 성남캠퍼스와의 협약을 통해 '더 퍼스트 시내버스 승무사원 사관학교'(이하 사관학교)를 운영하였다. 시내버스에 입사하고자 하는 승무원의 역량을 강화시켜 취업까지 연계해 주는 프로그램이었는데 2기까지 운영하다 그만두었다. 그만두게 된 이유는 생각만큼 잘되지 않았던 이유도 있었지만, 교육훈련을 주업으로 하는 내가 어느새 취업 브로커로 인식되고 있음을 견딜 수 없었기 때문이다.

서울이나 부산 등 준공영제가 실시되고 있는 도시의 시내버스 승무원은 취업하고자 하는 사람이 많은 데 비해 회사를 그만두는 사람들이 적어 입사 경쟁이 치열하다. 그러다 보니 뒷돈을 쥐어주고라도 취업을 하려는 사람들로 인해 취업 비리가 발생하기도 한다.

승무원들에게는 교육을 통해 경쟁력을 갖춰 취업의 기회를 제공하고 회사는 교육훈련을 받고 입사를 시킬 수 있어 좋겠다는 생각을 가지고 야심차게 시작한 일인데, 취업 연계까지 한다는 것을 주변에서 곱게 보지 않았던 모양이다.

2기수를 운영하며 사관학교를 수료한 승무원 중 가장 기억에 남는 승무원이 홍OO 승무원이다. 당시 서울의 시내버스 회사에서 신입 승무원을 뽑을 때 운전경력뿐만 아니라 나이도 따져보는 곳이 많았는데, 운전 경력은 마을버스 기준 2년 이상의 경력이 있어야 했고, 나이는 40대 중반을 넘어야 입사원서를 제출할 기회를 부여하였다.

40대 중에서도 중반을 넘어야 하는 것이 많은 회사에서의 기준이었다. 이유는 시내버스 운전이 젊은 사람보다는 어느 정도 나이 든 사람들이 잘하기도 했고, 젊은 사람을 뽑으면 회사에서 책임져야 하는 기간이 길어지기 때문에 꺼렸던 측면도 있었다.

홍OO 승무원은 당시 45세여서 아주 젊은 것도 아니었지만 그렇다고 회사들이 선호하는 나이에는 미치지 못했다.

홍OO 승무원은 이미 몇 군데 이력서를 제출했는데 너무 젊다는(?) 이유로 거절을 당했던 터라 사관학교 입학 당시 의기소침해 있었다.

수료후 두 군데 회사에서 면접시험을 보았고 그 중 한 회사에서 합격해 드디어 꿈에 그리던 서울시 시내버스에 입사할 기회를 가지게 되었다. 버스회사는 일반 회사와 같이 수습 기간을 두지 않는 대신, 노선을 익히고 기기 조작 방법 등 운행을 할 수 있는 역량을 갖추었는지를 확인하는 견습 기간을 가지고 있는데, 견습 기간 중에는 실제 운행에 투입되어 운전능력을 테스트 받는다. 견습 기간에 사고가 발생하면 채용이 되지 않는다는 것을 의미한다.

홍OO 승무원이 입사한 후 몇 개월 지나 그 회사에 강의하기 위해 방문을 하였는데 나를 보더니 과도하게 반가워하면서 손을 잡더니 눈물을 글썽거리는 것이 아닌가?
사관학교 운영할 때 매일 보다가 몇 달 못 봤더니 이렇게 반가워하나 생각을 했는데, 알고 보니 사연이 있었다.

다음은 홍OO 승무원과 나눈 대화이다.

"대표님 정말 고맙습니다. 대표님이 저를 살려주셨습니다."

"무슨 말씀이세요? 무슨 일 있어요?"

"대표님이 저를 이 회사에 취직시켜 주셨는데 견습 기간 잘 통과해 꼭 합격해야지 하는 마음으로 일을 했습니다. 그런데 지난달 견습 기간 마감을 앞두고 목동아파트 쪽에서 사고를 낸 거예요. 순간 눈앞이 깜깜해 지더라고요.

'아! 이제는 끝났구나.'

생각하고 있는데 넘어진 승객분이

'아저씨, 아저씨 잘못 아니에요. 제가 실수해서 넘어진 거예요.'

하면서 도리어 저한테 사과하지 뭡니까.

며칠 동안 병원에 입원했다는 연락이 오면 어떻게 하나 걱정을 하고 지냈는데, 지금까지 연락이 없는 것으로 봐서 별일 없이 지나갈 것 같습니다."

평소 과묵했던 사람이라 성격이라도 바뀐 것처럼 반갑게 다가와 손을 잡고 이야기를 하는 게 어색했지만, 워낙 진지했기 때문에 좀 더 홍OO 승무원의 말을 들었다.

"이게 무슨 일인가? 분명히 나의 실수로 요철을 지날 때 조심하지 않아서 넘어진 것인데, 승객이 왜 자신의 실수라고 이야기했을까?"라는 생각했습니다.

그랬더니 떠오른 게 대표님이 하신 말씀이었어요.

대표님이 승무원 사관학교 운영하시며 우리에게 항상 강조하신 것이 인사 잘하라는 것이었잖아요? 제 처지가 절박하기도 했지만, 진짜 인사 잘하고 승객에게 친절한 승무원이 되겠다는 생각으로 인사만큼은 열심히 했습니다.

그날 제가 잘한 일이라고는 승객 한 분 한 분 탈 때마다 열심히 인사한 것밖에는 없습니다.

제 실수로 넘어졌는데, 승객이 자기 잘못이라고 말을 했던 이유는, 제가 인사를 잘했던 것 한 가지 밖에는 없는 것 같습니다.

대표님 덕분입니다. 정말 고맙습니다."

잔뜩 상기되어 눈물을 흘릴 듯이 이야기하는 홍○○ 승무원을 보며 여러 가지 생각이 교차했다.

비록 사업적으로 성공한 프로젝트는 아니지만, 잘한 일이라는 안도감이 들었고 무엇보다 뿌듯했다.

160시간 동안 진행한 과정(1일 8시간 20일) 동안 가장 많이 강조한 것이 '인사'였다.

인사만 잘해도 사고를 막을 수 있다고 강조를 했는데, 과정 수료생의 경험을 통해 확인한 것이다.

'인사(人事)는 만사(萬事)' 라는 말이 있다. 사람을 뽑고 배치하는 인사의 중요성을 강조한 말인데, 우리가 주고받는 인사에도 적용이 되는 것 같다.

인사는 만사다.

08 : 승객들도 교육해 주세요

버스회사에서 강의하다 보면 가끔 승무원들로부터 우레와 같은 박수를 받는 경우가 있다.

강의의 내용이 공감되는 경우인데, 가장 많이 공감해 주신 것이 버스를 운행하는 승무원들이 안전운행과 친절운행을 할 수 있도록 하기 위한 교육을 하는 것처럼, 승객들도 버스를 매너 있게 이용할 수 있는 교육을 받도록 했으면 좋겠다는 내용을 언급하면 모두 좋아해 주신다.

사실 이 의견은 내가 처음 생각해 낸 의견이 아니다.

버스회사에서 강의할 때 승무원들이 질문하는 경우는 많지 않다.

승무원들이 질문하지 않는 가장 큰 이유는 질문 때문에 강의 끝나는 시간이 늦춰지지는 않을까 하는 염려 때문이다. 그런데 질문보다는 부탁하는 경우가 있다. 본인들이 생각하는 도로구조물에 대한 개선사항이라든가 당부할 내용이 있으면 부탁을 한다. 내가 강의 현장에서 가장 많이 들었던 부탁 아닌 부탁은 승객들도 교육 좀 해 달라는 이야기였다.

손뼉도 마주쳐야 소리가 난다.

"강사님! 강사님 의견에는 전적으로 동의를 합니다. 승객을 모시는 우리 승무원들이 안전교육을 받고 친절서비스 교육을 받아야 하는 것에 대해서는 인정을 합니다. 하지만 우리만 교육한다고 친절서비스가 되는 것이 아닙니다. 승객들도 교육해야 합니다. 아무리 인사를 잘하면 뭐 합니까? 젊은 사람이나 나이 든 사람이나 승무원이 인사를 해도 받아 주는 사람이 없어요. 손뼉도 마주쳐야 소리가 나는 법이지 몇 번 인사했는데 아무런 반응 없잖아요? 그럼 하기 싫어집니다. 강사님도 강의하면서 질문했는데 우리가 아무런 반응을 하지 않으면 어떠세요?"

"기운 안 나죠."

"그겁니다."

"버스 운행하면서 누가 불친절하고 싶겠습니까? 처음엔 인사도 하려고 하고 나름의 노력을 하지요. 그런데 오래가는 사람이 드물어요. 아무 반응이 없거든요. 사실 반응만 없어도 그럭저럭 할만 하겠어요. 길 밀려서 늦기라도 하면 뭐라 하죠. 버스가 정류장에 서 있어도 자기 앞에서 태워 달라고 한 발자국도 안 움직이는 사람도 있죠. 승객들도 교육 좀 받아야 합니다. 운전면허 받을 때 교육받잖아요. 버스 이용할 때도 승객들 교육받아야 한다니까요."

"맞습니다. 정 안되면 버스에서 정류장 안내할 때 광고만 할 것이 아니라 승객들이 주의해야 할 내용 같은 것도 안내해 줘야 합니다."

이와 비슷한 이야기를 한두 번 들은 것이 아니고, 거의 내가 찾아갔던 버스회사 숫자만큼은 들은 것 같다.

선진교통 문화를 만드는 데 운수업에 종사하는 분들의 의식개선과 더불어 대중교통을 이용하는 승객들의 의식개선도 필요하다는 생각이 들지만, 어떻게 해야 할지 딱히 떠오르는 방법이 없다.

굳이 방법을 생각해 보자면

1. 공익광고를 통해 선진 시민으로서 대중교통을 어떻게 이용하

는 것이 좋은지를 홍보하는 방법

2. 버스 정류장 안내할 때 승객들에게 주의사항 안내

3. 유튜브 등 SNS를 활용한 홍보

등등

강의 중 재미난 생각이 나 승무원들에게 이야기해 보았다.

대중교통 이용에 관한 특별법

"제가 강의를 하면서 승객들 교육 좀 해 달라는 이야기를 참
많이 듣습니다. 그런데 방법이 떠오르지 않아요. 그래서 이
런저런 생각을 하다가 엉뚱한 상상을 한번 해 보았는데 특
별한 법을 하나 만드는 겁니다. 법의 이름은 '대중교통 이용
에 관한 특별법'이고 주요 내용은 이런 겁니다. 앞으로 대한
민국 국민은 대중교통을 이용할 때 승무원에게 정중하게 인
사를 해야만 승차할 수 있다."

환호

"강사님을 국회로 보냅시다."

"그럼 버스 정류장에서 이런 풍경이 펼쳐질 겁니다. 정차해
승객이 올라타는데 인사를 잘한다. 그럼 '타세요.' 하고 태

우는 겁니다. 그런데 만일 인사를 안 하거나 인사하는 태도
가 불량하다 그럼 '다음 차 타고 오세요.' 하고 승차를 합법
적으로 거부할 수 있도록 하는 겁니다."

"우하하하"

이런 법이 생겨날 거라고 생각하는 승무원은 없다. 그리고 이런
법이 필요하다고 여기는 승무원도 없을 것이다. 잠깐이라도 대
리만족을 시켜드린 것이다.

말을 해 놓고 버스를 이용하는 승객들에게 이러한 내용을 알리
는 방법이 없을까 생각을 해 보았는데, TV 방송에 출연해 시청
자들에게 '버스를 안전하고 친절하게 이용하는 꿀팁' 같은 것
을 소개하면 좋겠다는 생각을 하게 되었다. 방송국에서 이런 나
의 생각을 알아내서 출연해 달라고 섭외할 일이 만무하니, 어떻
게 하면 이런 필요를 느낄 수 있게 할까? 고민하던 참에 책을 통
해 전달하는 방법도 있겠다는 생각을 하게 된 것이다.

이 글을 읽으시는 방송국 관계자는 '버스를 안전하고 친절하게
이용하는 꿀팁' 프로그램을 기획해 보시라.

09   : 버스 파업

2019년 5월 셋째 주 대한민국 최대의 이슈는 단연 '5.18 민주화 항쟁 39주년'과 '버스파업'이었다.

일부 정치인들의 5.18 관련 망언 논란이 있었고 당시 전두환 보안사령관의 광주방문 관련 증언이 나오는 등 여느 때보다 국민들의 눈과 귀가 광주에 집중되었다.
그런데 13일부터 시작된 5월 셋째 주의 최고 이슈는 다름 아닌 버스파업이었다.
당시 인터넷 검색어만 봐도 1위가 '광주' 또는 '5.18'이 아니라 '버스파업'이었다.

5월 15일을 D-day로 서울, 경기, 인천, 부산, 대구, 울산 등 전국적으로 파업을 하기로 예정되었다.

다행히 대구, 인천 등에서 노사협상이 타결되어 파업을 철회했다는 뉴스가 나오기 시작했다.

가장 큰 영향력을 미치는 서울, 경기, 부산도 새벽까지 진통을 겪으며 협상을 한 끝에 가까스로 타결이 되어 전국적인 버스파업 사태는 일어나지 않았다.

버스회사에 교육 서비스를 제공하는 회사를 운영하는 사람으로서, 5월 14일 밤은 쉽게 잠들기가 어려웠다. 늦은 시간까지 뉴스에 촉각을 곤두세웠고 잠시 눈을 붙이고 새벽녘에 깨어 바로 뉴스를 확인할 정도로 초미의 관심사였다.

극적인 타결로 파업이 철회되었다는 소식에 안도의 한숨을 쉬었는데, 한편으로 승객들의 기억에서 너무 쉽게 잊히는 것은 아닌가 하는 아쉬운 마음이 들기도 했다.

사람들이 무언가의 가치를 느끼게 되는 때는, 풍족하거나 흔할 때가 아니라, 귀해지고 부족해지는 때이다. 승객들이 시내버스의 가치를 느끼는 때도 마찬가지이다.

아무런 일 없이 버스가 운행될 때는 시내버스의 가치를 잘 느끼지 못한다. 그리고는 조금만 마음에 들지 않아도 불평을 한다. 그런데 파업으로 운행이 안 되거나 악천후 등으로 운행이 지연 되면 그때야 버스가 소중한 존재였다는 것을 깨닫곤 한다.

5월 13일과 14일 시민들에게 버스파업에 대한 의견을 묻는 리포터 화면이 여러 방송사에서 방송되었는데 이구동성으로 하는 이야기가 버스가 운행되지 않으면 이동할 방법이 없다는 것이다.

버스파업을 바라보는 시각이 달라 버스업계와 버스 승무원의 입장에서 버스파업을 정리해 보았다.

2019년 5월 버스파업의 최대 이슈는 근로기준법 개정에 따른 주 52시간 근로제 적용이었다,
근로기준법 제59조(근로시간 및 휴게시간의 특례)에 노사의 협의에 따라 주 52시간을 초과하여 근로할 수 있는 특례업종에 노선버스가 포함되어 있었으나 2018년 2월 법 개정으로 인해 2019년 7월 1일부터 300인 이상의 버스회사는 승무원에게 주당 52시간을 초과한 근로를 시킬 수 없게 되었다.

버스회사 측에서는 인력 문제와 비용 문제가 발생하고 승무원 입장에서는 근로시간 감소로 인한 임금 감소라는 문제가 있어

서 간극이 좁혀지기 어려웠다.

시내버스는 기본적으로 노동 집약적인 산업에 해당한다고 볼 수 있다.

버스가 1대 운행되기 위해서는 최소 2명의 승무원이 필요하다. 반일제 근무로 오전반과 오후반으로 교대를 하든지 전일제 근무로 하루 일하고 하루를 쉬는 방식으로 근무를 하든지 최소 버스 1대에 2명의 승무원은 반드시 필요하다.

그런데 사람이 1년 365일 쉬지 않고 일을 할 수는 없는 노릇이 아니겠나. 그래서 노사협의 등을 통해 1달에 최소 며칠은 근무를 할 수 있는 만근 제도를 도입하고 있고 여기에 추가로 근무를 하는 만큼 승무원들이 추가로 수당을 받게 된다.

문제는 주 52시간 근무제를 준수하려면 승무원들의 근무시간을 현재 보다 줄여야 한다. 근무시간이 줄어들면 승무원 입장에서 좋아하지 않겠느냐는 생각을 할 수도 있는데 문제는 근무시간만 줄어드는 것이 아니라 급여도 같이 줄어든다는 데 있다.

누구에게도 급여가 줄어드는 것이 쉬운 결정일 수 없다. 더욱이 준공영제를 시행하지 않고 있는 지역의 경우에는 인력을 채우기도 어렵지만, 인력이 채워졌을 경우 승무원들이 감당해야 할 급여의 인하 폭이 클 수밖에 없다.

2019년 5월 셋째 주에 각종 매체에 등장해 버스파업에 대한 입장을 이야기하는 시민들의 모습이 잊히지 않는다.

하나같이 버스가 멈추면 큰일이 난다는 것이다.

내일 딱히 출근할 방법이 없다는 이야기다.

시민의 삶을 볼모로 이런 도박을 하면 안 된다는 이야기가 주를 이룬다.

다행히 버스가 멈추는 일은 벌어지지 않았다. 물론 타결이 늦어진 일부 도시에서 운행시간이 조금 늦춰지긴 했지만, 전국적인 파업은 발생하지 않았다.

5월 14일 밤은 잠을 어떻게 잤는지 기억조차 없다. 5월 15일 새벽까지 뉴스를 보다 잠이 들었고 새벽에 깨자마자 뉴스를 보며 안도를 했던 기억 밖에는 없다.

버스가 파업하면 안 된다고 이야기를 하는 사람들도 며칠이 지나면 이 일을 잊을 것이다. 그러고는 우리의 곁에는 버스가 항상 있었던 것처럼 생각할 것이다.

내일도 모레도 본인이 필요로 하는 때에 버스는 정상적으로 운행을 할 것이라는 믿음을 가지고 있을 것이다.

버스가 파업으로 멈추는 것을 바라지는 않는다.

하지만 '버스파업'이라는 커다란 위기를 겪게 되었을 때 시민들의 삶에 버스가 없으면 크게 불편해진다고 생각을 했던 것과 같이 매일 매일의 삶 속에서 버스를 대하면 좋겠다는 바람을 가져본다.

이는 우리가 숨을 쉬는 것을 당연하게 여긴다. 숨을 잘 쉴 수 없는 상황이 되었을 때 숨 쉬는 것이 평범한 일이 아니라고 느끼지만, 다시 숨을 잘 쉬게 되었을 때 숨 쉬는 것의 소중함을 잊어버리는 것과 같다.

고마움, 감사함의 반대말은 불평이 아니라 당연함이라고 한다. 이 글을 읽은 후 버스를 이용하며 '우리 삶에 버스가 없었더라면 어떻게 하지?' 하는 생각을 한 번만 해 보았으면 좋겠다.

버스, 버스회사, 버스 승무원에게 감사할 것이 어떤 것이 있는지 생각해 보면 좋겠다.

그러고는 표현해 보자.

버스 승무원(기사)님 고맙습니다. 라고

10 : 새해에도 고객님의 꿈과
　　 희망을 나르겠습니다

　　30여 년 전 베스트셀러였던 '내가 정말 알아야 할 모든 것은 유치원에서 배웠다' 라는 책을 재미있게 읽었던 경험이 있다.
패러디하자면 '나는 강의에 필요한 강의자료의 모든 것을 버스회사에서 배웠다.' 고 할 수 있다.

버스회사 배차실에서 승무원들을 만나 그들의 의견을 들으며 배우고, 강의 후 버스 승무원들의 질문을 받고 답변을 하며 배우고, 관리자들과의 대화를 통해서 주로 배우는데 버스회사 대표를 통해 잊을 수 없는 감동과 교훈을 받은 일이 있다.

서울과 경기도 파주 지역에서 여러 버스회사를 운영하는 신성

교통, 제일여객의 우세환 대표를 통해서였다. 2010년쯤 들은 이야기인데 당시 회사에서는 고객들의 목소리를 좀 더 생생하게 듣기 위해 사장실로 직접 연결되는 민원전화를 운영하였다. 아무리 사장이 직접 받는 전화라도 민원전화의 특성상 90% 이상의 전화가 욕으로 시작했다고 한다.

어느 날 민원전화의 벨이 울려 우세환 대표는 '또 욕 한마디 듣겠구나' 생각을 하며 전화를 받았다. 전화기 너머 상대의 목소리는 여느 민원인과 같지 않았고 차분한 목소리로 신성교통, 제일여객의 사장님인지 묻고서는 '사장님이 저를 살려주셨다'며 연신 고맙다는 말을 하였다.

밑도 끝도 없이 '목숨을 살려 주어 고맙다는 고객의 말이 이해되지 않았던 우세환 대표는 좀 자세히 말씀해 달라고 하였고 고객의 이야기는 우세환 대표가 상상하지 못했던 내용이었다.

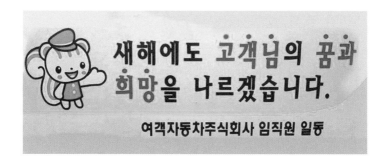

전화한 고객은 운영하던 회사가 부도가 나 극심한 경제적 어려움을 겪게 되었고 다시 일어날 희망이 없다고 느껴 자살하기로 결심을 하였다.

평소 산을 좋아했던 터라 북한산에 올라가 자살을 하기로 마음먹고 북한산으로 가는 버스를 타기 위해 정류장에서 기다리고 있었는데 버스 앞면에 '새해에도 고객님의 꿈과 희망을 나르겠습니다' 라고 쓰인 현수막을 부착한 버스가 들어왔다.

현수막을 보고서 처음 들었던 생각은 '미친 것들' 이었단다.

지금 죽으려고 산에 가는 사람에게 무슨 꿈이 있고 무슨 희망이 있느냐는 생각이 들었기 때문이다.

버스에 올라타 북한산까지 가는 동안 자신이 살아왔던 인생이 파노라마 영화처럼 머릿속에서 돌아가기 시작했다. 그러면서 아까 버스에 타기 전 보았던 버스 앞에 붙어 있던 현수막의 '꿈' 과 '희망' 이라는 단어가 자꾸 떠올랐다.

'나에게도 꿈이 있을까?'

'나에게도 희망이 있을까?'

도무지 꿈과 희망을 찾아볼 수 없는 상황의 연속이었다.

그런데 3개월 전으로 시간을 되돌려 보니 '이 고비만 잘 넘기면 아내를 편하게 살게 해 줄 수 있다'는 생각 '아이를 제대로 뒷바라지해 줄 수 있겠다'는 꿈과 희망적인 생각을 했다는 것을 떠올릴 수 있었다.

아무리 죽기를 각오하고 죽을 장소로 이동하고 있었지만, 거꾸로 살고 싶은 욕구가 강하게 생기기 시작했다.

그런데 문득 '내가 죽을힘을 다해 노력해 본 적이 있었나?' 하는 생각이 들었는데 죽을힘을 다해서 노력해 보지는 않았다는 생각이 들었다.

'그래 한 번 살고 죽는데 죽을힘을 다해보고 그때도 안 되면 그때 죽어도 늦지 않겠지!'

생각을 하며 버스에서 내렸고 버스에서 결심한 것과 같이 죽을힘을 다했더니 지금까지 풀리지 않던 문제들이 하나씩 풀리기 시작하면서 사업이 회복되었다.

몇 달이 지난 후 다시 버스를 타고 이동하는데 죽을 마음을 가지고 버스를 탔을 때는 보이지 않던 사장실로 직통 연결된 민원전화번호가 보여 자신을 살려 준 버스회사 사장님께 고맙다는 인사라도 드려야겠다고 생각을 하여 전화를 하게 되었다는 것이다.

신성교통, 제일여객에서는 왜 그와 같은 현수막을 차에 부착하고 다녔을까?

'혹시라도 현수막을 보고 삶을 마감하려던 사람이 삶의 희망을 찾을지도 몰라?' 하는 생각이라도 했을까?

아마도 아닐 것이다. 한 해 동안 우리 회사 버스를 이용해 주신 고객들에게 감사해서 내년에도 변함없이 우리 회사 버스를 이용해 달라는 마음으로 현수막을 부착했을 텐데 결과적으로 한 사람의 생명을 살리는 역할을 한 것이다.

우세환 대표의 말씀을 듣다 뒤통수를 한 대 얻어맞은 것처럼 충격을 받았다.

그날 나는 승무원들에게 도움이되는 강의를 준비했는데 내가 더 큰 도움을 받았고, 감동을 받았다.

'아! 우리 승무원들이 승객에게 전하는 인사 하나가 아무 의미를 주지 못할 수도 있지만, 어쩌면 삶의 희망을 잃어버린 사람에게 희망을 줄 수도 있겠구나.

하루를 활기차게 시작할 수 있는 활력을 줄 수도 있겠구나.' 생각하였다.

승객들을 위한

승무원들이 승객에게 인사를 할 때

'수고하십니다.'

'반갑습니다.' 등

승객이 인사를 받아주는 비율이 상당히 낮다.

인사는 쌍방이 하는 것인데 한쪽에서만 일방적으로 하다 보면 의욕
도 사라지고 더 이상 하기 싫어진다.

인사를 잘하는 버스를 타고 싶으면

1. 승무원이 인사를 할 때 인사를 받아주자

2. 승무원이 인사를 하는 것과 관계없이 먼저 인사를 건네보자

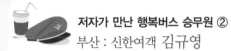

"꽃 때문에 아니 기사님 덕분에 기분이 많이 좋아졌어요"

부산 영도에서 101번 버스를 운행하는 김규영 승무원은 버스에서 꽃을 키우는 정원버스로 유명하다. 버스를 단순하게 이동하는 수단이 아닌 승객들이 이동을 하면서 쉴 수 있는 공간이 되었으면 좋겠다는 바램을 가지고 고민을 하다 생각했다고 한다.

김규영 승무원이 버스운전을 시작한 것은 1997년도인데 기존에 하던 일이 안 되어 방황하고 있을 때 지인이 '버스라도 해 보면 어때?' 하는 말을 듣고 뭐라도 해 봐야 한다는 마음으로 시작하였다. 처음부터 시내버스를 시작했던 것은 아니고 마을버스에서 경력을 쌓고 시내버스로 옮겨 왔다.

시내버스를 시작할 때 다른 회사에서 일을 했는데 영도의 영업소에서 근무를 하다 준공영제가 되면서 근무지가 바뀌게 되어 바뀐 곳까지 너무 멀어 지금의 신한여객에서 터를 잡게 되었다.

처음부터 이런 서비스를 제공한 것은 아니었다. 정확하게 기억은 안 나지만 20여년 전 부산 시내버스의 근무복이 바뀐 적이 있는데 제복을 받아 입으며 제복에 걸 맞는 서비스를 제공해야겠다는 생각을 하게 되었다. 그제서야 비로소 승차하는 승객들과 눈을 맞추며 인사를 하기 시작했는데 처음엔 다 그렇듯 소극적인 인사를 했으나 차츰 익숙해졌던 면도 있고 승객들도 반응을 해 주니 용기를 내 더욱 적극적인 서비스를 하게 되었다.

전에 근무하던 회사에서 처음 시행했던 서비스는 사탕바구니였다. 운전석 옆 요금통 부근에 사탕바구니를 만들어 놓고 승객들이 사탕을 집어갈 수 있도록 했는데 의외로 승객들의 반응이 좋았고 이것을 계기로 더욱 나은 서비스는 없나 고민하다 지금의 정원버스를 하게 되었다.

저상버스가 처음 도입되었을 때 버스를 둘러보니 빈 공간이 많이 눈에 띄었다. '이 공간을 활용할 수 있는 좋은 방법이 없을까?' 고민을 하다 각 공간에 맞는 화분을 조성하는 구상을 하게 되었다.

초기에는 시행착오를 많이 했다고 한다.

꽃을 새로 들여놓고 운행을 하면 차량이 많이 흔들리다 보니 꽃이 스트레스를 받아서인지 금방 죽어 버리는 문제가 발생하였다.

여름엔 에어컨 때문에, 겨울엔 히터 때문에 꽃이 말라 키우기가 어려웠고, 꽃마다 물을 주는 주기도 다르고 운행 중에는 온도가 조절되지만 운행을 마치고 주차를 해 놓은 시간에는 얼어죽기도 하고 너무 더워 늘어지기도 했다.

특히 김규영 승무원이 운행하는 시간은 관리가 되지만 짝꿍이 운행하는 시간도 있어 짝꿍에게 꽃을 돌봐 달라는 부탁을 여러 차례 하기도 했는데 다행인 것은 좋은 짝꿍을 만나 지금까지 잘 유지가 되고 있다.

버스에 올라타는 승객들 표정을 보면 무표정한 사람들이 많은데 버스에 타 곳곳에 꽃이 장식되어 있는 것을 보고서는 대부분 표정이 밝아진다. 이런 승객들의 표정변화를 보는 것이 김규영 승무원의 즐거움이다. 한 번은 승객 중 '아저씨 내가 하루 종일 우울했는데 꽃을 보고, 아니 아저씨를 보고 기분이 좋아졌어요' 하는 경우도 있었고 집에 가서 먹으려고 간식을 샀는데 같이 나눠 먹자며 나누어 준 경우도 있었다.

단골승객 중 꽃 사는데 보태라며 봉투를 주는 승객도 있었다. 한사코 거절을 하니 언젠가는 그 승객이 내린 자리에 돈 대신 꽃이 있었던 적도 있었다.

승객들 모두가 꽃을 좋아하는 것은 아니다. 더러는 드물지만 '기사가 그래 할 일이 없나?' 하며 묻는 승객도 있고, ' 아이고 운전이나 똑바로 하소' 하며 뭐라고 하는 사람도 있지만 10명 의 승객이 탄다면 9명은 좋아하고 응원해 주기 때문에 할 맛이 난단다.

뒷문으로 하차하려는 승객이 굳이 운전석까지 다가와 감사의 인사를 하는 경우가 많은데 이럴 때는 그 날의 피로가 다 풀리 는 느낌이라고 한다.

한 번은 끼어드는 차 때문에 급브레이크를 밟은 적이 있는데 승 객들이 놀라거나 뭔가에 부딪치기도 했을텐데 오히려 나의 편 을 들어 주었던 적이 있었다.

'저 차가 잘못했네. 무슨 운전은 저 따위로 해~' 하고 앞 좌석의 승객이 한마디 하자 주변에 있던 분들도 '맞아 맞아' 하면서 나

유튜브 화면캡처(KBS창원 우리동네 명물기사님 中)

의 잘못이 아니라고 편을 들어준 것이다.

운행을 하다 보면 도로 상황으로 늦게 도착하는 경우가 발생하는데 오래 기다린 승객이 '아저씨 왜 이렇게 늦게 와요?' 하며 항의를 하는 때도 '기사님 잘못 아닙니다. 차가 밀려서 그런거니 이해하시고 타세요' 하면서 승객들이 나의 입장을 대변해 주었다. 그렇게 하면 내가 해명하는 것 보다 훨씬 쉽게 문제가 해결된다.

여름에는 모기가 생긴다는 항의가 있어 인터뷰를 할 당시에는 꽃을 모두 철수하였는데 내년이 정년이라며 계절과 관계없이 할 수 있는 서비스는 어떤 것이 있을까 고민하고 있다면 좋은 방법이 있으면 알려달라는 부탁도 잊지 않았다.(버스에서 할 수 있는 좋은 서비스가 있으면 알려달라 김규영 승무원에게 전달해 주겠다.)

버스를 이용하는 승객들의 연령대가 많이 높아졌다며 승무원들이 '자리에 앉아 계시라' 는 말씀을 드려도 잘 듣지 않는 경우가 있는데 승무원은 승객의 편에 서서 안전을 지키기 위해 드리는 말씀이나 잘 따라주시면 더욱 안전하고 친절하게 서비스를 해드릴 수 있다는 말로 인터뷰를 끝맺게 되었다.

'

나는 버스 승무원에게
사람 살리는
운전 방법을
가르치는 강사다.
그래서 나는 이 일이 좋다.

,

Happy Bus Day

Chapter
03

버스
교육

01 : 김 이사 얼굴 보고 계약했어

나는 사회생활을 보험영업으로 시작했다.

1995년 결혼과 동시에 현대해상화재보험에서 일을 시작하였다. 어려서부터 자동차에 대한 관심이 많았기에 여러 보험상품 중 자동차보험에 관심을 가지게 되었고 나름의 성과도 가질 수 있었다. 특히 영업용 화물이나 전세버스 등 사업용 자동차보험에 특화되어 영업했다.

자동차보험 위주로 영업을 하다 보니 사고 후 사고 상담을 하는 고객들이 많아, 자동차 사고의 과실상계(사고의 피해자라고 하더라도 사고에 기여한 정도에 따라 책임을 지게 되는 부분), 가해와 피해의 구분, 사고 후 조치 내용에 대한 지식이 많아지게 되었고, 나아가 교통사고를 예방할 수 있는 교통안전 교육 분야에 대한 관심도 높았다.

부서를 옮겨 조직 육성팀에서 신입 대리점 육성과정을 운영하게 되며, 각종 보험상품 및 세일즈 스킬을 강의하게 되었는데, 평소 관심이 많았던 터라 자동차보험은 도맡아 강의를 진행하였고, 자연스럽게 자동차보험이나 사고처리 분야에서 전문성을 쌓을 수 있었다.

2003년 보험회사를 그만두고 미래로교통안전컨설팅을 설립하게 되었는데, 사실은 교육 컨설팅 일을 하기 위해 설립한 회사가 아니라 사업용 차량의 자동차보험을 인수하기 위해 설립한 것이었다.

버스나 택시, 화물차 업체에서 발생하는 자동차보험에 가입해 주면, 사고를 줄여주기 위해 운전자들에게 안전교육을 해 주어 회사는 보험료율은 낮추는 것으로 이익을 가져가고, 우리는 보험을 인수하게 되니 그 수수료로 이익을 가져가는 구조를 생각해 낸 것이다.

막상 일을 시작해 보니 곳곳에 장벽이 있었다.

우선 운전기사들을 모아 교육을 하는 것이 쉽지 않았고, 이것이 가능한 업종이라고 하더라도 사업용 차량의 경우에는 보험회사의 역할을 하는 공제조합이 있는데, 공제조합은 운수회사가 조합원이 되어 가입하는 형태라 계약을 유치하는데 어려움이 있었고, 보험료도 보험회사보다 훨씬 저렴해 아무리 사고를 줄여줄 수 있는 안전교육을 제공해 준다고 해도, 회사들이 관심을 가지지 않았다.

더욱이 운수업종의 특성상 신규 사업자의 진입이 쉽지 않다. 어느 정도의 신뢰감이 쌓여야 말이라도 붙일 수 있었다.

운수업종에 대한 진입장벽이 높은 것은 초기에는 어려움으로 다가왔지만, 나중에는 이미 확보한 시장을 지켜주는 방어막 역할을 하기도 했다.

사업을 시작하면서 정확한 시장분석을 하지 않고, 막연히 뜬구름 잡는 식의 사업 구상을 한 실수였다. 어떻게 하면 좋은지 고민을 하던 차에, 고용보험을 활용하면 회사 부담이 거의 없이 고용보험료의 지원을 받아 교육을 할 수 있는 제도가 있다는 것을 알게 되었고, 사업의 방향이 바뀌게 되었다.

고용보험을 통한 환급교육은 회사마다 고용보험을 납부하고 있는데, 고용보험료 중 일부는 재직 근로자들의 역량을 강화하는 훈련비용으로 지원해 주는 사업주직업능력훈련 지원 항목이었다. 이 비용을 활용하면 회사는 비용을 거의 들이지 않고, 직원들 교육훈련을 시킬 수 있는데 버스회사에 이 제도를 설명하여 교육훈련 계약을 수주하기가 너무 어려웠다.

어떻게 하면 좋을까 고민을 하다 버스회사들의 연합체인 사업조합을 찾아가기로 마음먹고 경기도버스운송사업조합에 전화를 하니 반응이 시큰둥했다. 두 번째로 전화를 한 곳이 인천버스운송사업조합이었는데 고용보험을 활용한 제안을 하고자 한다고 했더니, 담당자가 한 번 와서 설명해 달라고 해 바로 방문 일정을 잡게 되었다.
약속한 시간에 버스조합에 방문해 담당자에게 제안 내용을 설명하는데 5분 정도 듣더니, 사고 예방과 관련된 부분이면 우리보다는 아래층에 있는 공제조합을 가보라고 하며, 공제조합에 전화해 사고 예방과 관련한 제안을 할 분을 보내주겠다고 연락을 해 주었다.

전국버스공제조합 인천지부의 김태인 총무과장(이후 부지부장이 됨)을 찾아가 제안서를 보여 주며 고용보험을 활용하면 교육비 부담이 거의 없이 교육훈련을 실시할 수 있으며, 고용보험 환급교육을 진행할 경우 교통안전교육 분야 국내 최고의 강사인 이

상두 소장(교통정보연구소장)의 강의와 한국교통안전교육센터의 체험교육을 실시해 실질적으로 사고를 줄여줄 수 있다는 제안을 하였는데, 첫 방문에서 4,800만원 가량의 계약을 수주하게 되었다.

3개월 기간으로 진행된 교육이었는데 고용노동부 신고부터 교재배송, 각 차월별 시험지 배부 및 회수, 추천 강사 특강 진행, 체험교육으로 정신없이 지나가게 되었다. 그러다 문득 '어떻게 처음 방문한 사람을 믿고 큰 계약을 맡겨줄 수가 있을까?' 하는 생각이 들었다.

김태인 과장을 방문했을 때 물었다.

"과장님 지난 번 계약할 때 제가 처음 방문했을 때 큰 계약을 체결해 주셨는데 뭘 보고 그렇게 하신 거예요?" 하고 질문을 했다.

"김이사 얼굴보고 해 준거야."

"네? 제 얼굴을 보고 해 주다니요?"

"그날 나를 처음 찾아왔을 때 김이사가 계속 웃고 있더라고. 물론 웃는 얼굴만 보고 계약을 해 줄 수는 없지. 김이사가 제안해 준 내용이 다른데도 아닌 정부기관에서 진행하는 믿을만한 프로그램이었는데, 아마도 그것만 가지고는 조금 부족했을 거야. 상담하는 동안 밝은 표정으로 자신감 있게 말을 하는데 아! 이 친구한테 맡기면 손해는 안 보겠구나 싶은 생각이 들더라고. 그래서 바로 계약을 한 거야"

우리 속담에 '웃는 얼굴에 침 못 뱉는다' 고 했는데 사람이 웃으니 상대방에게 신뢰감을 주게 되고 경계심을 무너뜨려 첫 방문에서도 계약을 수주하게 되는 놀라운 일이 발생했다.
이 일이 있고 나서 나의 표정이 어떻게 관리되는지 상상을 해보라.
생각하는 대로 나는 항상 웃고 다닌다. 그랬더니 늘 듣게 되는 소리가 '인상 좋아 보인다.' '지난번 보다 더 젊어졌다' 는 말이다.

일소일소(一笑一少) 일로일노(一怒一老)라는 말도 있는데 승무원이 버스에 올라타는 승객을 향해 환한 미소를 짓게 되고, 승객도 다른 승객과 승무원에게 환한 미소를 짓는다면 승무원의 얼굴뿐만 아니라 우리 사회가 밝아지고 젊어지지 않을까?

02 : 나의 교만함에 화가 납니다

인천지역의 버스회사 교육을 시작했던 2004년 5월
경 당시 인천선진교통의 이상훈 차장(현 김포운수 전무)에게 승무
원들의 근무환경이 어떤지 볼 수 있는지를 물었더니 좋다며 연
안부두에 있는 버스 종점에 데리고 갔다.
최신형 버스가 도입되고 승무원들이 회사에서 지급한 근무복
을 입고 운행을 하고 있어 버스와 관련한 여러 외부적 환경이
좋아졌을 것으로 생각하고 내심 나들이하듯 현장을 방문했다.

연안부두에서도 바닷가 쪽으로 더 들어가 버스 종점이 자리하
고 있었는데 도착하자마자 내 눈에 들어온 것은 컨테이너 몇 개
였다. 연안부두 종점에는 인천선진교통을 비롯해 부성여객, 삼
환교통 3개 회사가 들어와 있었는데, 승무원들이 1회 운행을 마

치고 다음 운행까지 쉴 수 있는 휴게실이나 배차 요원이 근무하는 배차실 건물이 있을 것이라고 생각했다.

또한 아침, 점심, 저녁식사를 모두 회사에서 해결해야 했기 때문에 식당도 필요한데 내 눈에 건물은 한 개도 보이지 않고 군데군데 컨테이너 이외에는 보이는 것이 없었다.

인천선진교통이 사용하는 컨테이너 쪽으로 이동을 하는데 컨테이너의 문이 열리면서 한 명의 승무원이 밖으로 나오더니 컨테이너 바로 옆에 심겨있는 나무를 바라보고 뒤를 돌아 소변을 보는 것이었다. 자신들이 근무하는 컨테이너와 불과 1~2m 밖에는 떨어져 있지 않았다.

컨테이너에서 5m쯤 떨어진 위치에 간이화장실이 두 개 있었는데 그나마 한 개의 화장실에는 문이 떨어져 나가 안이 훤히 들여다보였다.

컨테이너 안으로 들어가 보니 5월인데도 내부는 후덥지근했고 안쪽에 배차 요원의 낡은 책상이 하나 있고 출입구 바로 앞에다 쓰러져가는 소파가 위태하게 자리 잡고 있었다.

이곳에 도착한 지 10분 정도밖에는 안 되었지만, 내가 상상하고 있었던 회사의 이미지와는 전혀 다른 곳에 와 있는 것 같은 생각이 들었다.

버스회사 승무원을 대상으로 교육하는 일을 시작하며 버스를 알고, 버스를 운전하는 승무원이 어떤 환경에서 근무하는지, 어떤 애로사항이 있는지를 알고 강의하고 싶은 내 나름의 기특한 생각으로 버스회사에 방문한 것인데, 내 예상과 너무나도 차이가 나다 보니 정신이 하나도 없었다.
솔직히 말하자면 나의 경솔함에, 나의 교만함에 화가 났고 속이 상해 눈물이 났다.

보험회사에 근무하며 알게 된 교통사고 처리 및 예방 지식 조금하고, 사업용 자동차보험을 취급하며 나름 버스에 관해 잘 알고 있다고 생각했다. 내가 버스 승무원들에게 교육을 할 만한 여러 가지 조건을 갖추고는 있었지만, 좀 더 자세히 알고자 버스 종점에 찾아가 근무환경을 파악하여, 강의에 반영하는 사람이라는 것을 인천지역 버스업체에 어필하고 싶은 욕구를 숨기고 있었는데, 눈앞에 보이는 장면에 이 모든 것들이 부끄럽게 느껴졌다.

이상훈 차장께서 배차가 어떻게 되고 있는지, 사고가 나면 어떻게 처리를 하는지 등등 여러 가지를 설명해 주었고, 버스를 잘 모르던 시절이라 알아듣는 것도 있었고, 내색하지는 않았지만 못 알아듣는 것도 많았다.

11시쯤 도착해 1시간 정도 설명을 듣다 점심시간이 되자 밖으로 나가 식사를 하자고 했다. 어떤 식사가 나오는지 궁금해서 나는 그냥 구내식당에서 먹자고 했다. 이상훈 차장이 난감해하며 "드시기 힘들걸요." 하는 것이다. 나는 "괜찮으니 승무원들이 식사를 하는 식당으로 가자"고 했다. 길 건너편에 있는 또 다른 컨테이너 식당에 가 줄을 서 식판에 밥을 받았다. 예상했던 것보다 밥이 많이 부실했다.

식사에 대해서 아무런 말을 하지 않고 있었는데 "밥이 많이 부실하죠? 식대를 1,300원 주면서 밥이 좋기를 바라는 것이 욕심이지요" 하는 것이다.

이제는 더 이상 놀랍지도 않았다.

시내버스의 승무원이 친절해야 하느냐를 묻는다면, 나는 주저함 없이 '당연하다' 고 말할 것이다.

하지만 친절을 요구하기 이전에 친절할 수 있는 여건이 마련되어 있는지에 대해서도 살펴보아야 한다고 먼저 말하고 싶다.

벌써 17년 전의 일이다. 지금은 그런 광경은 찾아보기 어렵다. 그럼 시내버스를 운행하는 승무원들이 모두 쾌적한 근무환경 속에서 일하고 있나? 그건 아니다. 17년 전과 비교했을 때 나아졌다는 이야기이지 아직도 근무환경이 열악한 버스회사가 많다. 옛말에 '곳간에서 인심 난다' 고 했다. 뭔가 베풀 것이 있어야 남들에게도 인심을 쓸 수 있다는 말이다.

친절 서비스도 마찬가지다. 승무원들의 기본적인 욕구 등이 해결되어야, 보다 편안한 상태에서 친절 서비스도 가능하다.

그날 이후 버스회사와 승무원을 바라보는 나의 시각은 상당히 겸손(?)해졌다.

진심으로 그분들의 상황을 알고 싶었고, 그래서 새벽시간 배차 받는 시간에 나가 음료수 드리며 캠페인을 자처했고, 앉아 있을 자리도 부족한 배차실 구석에서 승무원들과 대화를 하며 승무원들의 애환을 이해하려 노력하게 되었다.

다시는 잘 알지도 못하면서 뭔가 대단히 잘 아는 것처럼 건방을 떨지 않으리라 다짐을 하며...

03 : 3초의 여유

버스 승무원 중 '3초의 여유'를 들어보지 못한 분은 없을 것이다.

나는 '3초의 여유'를 어디에서든 보면 기분이 좋아진다.

이유는 버스업계에 '3초의 여유'라는 개념을 처음 만들어낸 장본인이기 때문이다.

2004년 처음 버스업체 교육을 시작했을 때의 일이다.

나는 보험회사에서 강의했던 경험은 있었지만, 버스업계에서 운전의 전문가 앞에서 강의해 본 경험이 없었기에 무척 긴장된 상태에서 강의했다.

강의를 마친 후 예의상 혹시 질문이 있는지 물었는데, 한 분이 손을 번쩍 들며 질문이 아닌 부탁이 있다고 했다.

인천선진교통의 이상훈 차장(현재 김포운수 전무)이었다.

"강사님 버스회사에 20년 가까이 근무했는데, 버스회사에서 가장 많이 발생하는 사고가 차내안전사고입니다. 강사님 강의를 들어 보니 강사님께 차내안전사고 예방대책 수립을 부탁 드리고 싶은데 가능할까요?"

버스업계에서 처음 한 강의를 무사히 마친 것에 대해 가슴을 쓸어내리고 있던 나는 크게 당황했다. 사실 차내안전사고 예방대책을 수립해 달라고 부탁하는 그 날 '차내안전사고' 라는 용어를 처음 들어 보았다.

'차내안전사고' 라는 용어를 처음 들어 보았다면 기본적으로 '차내안전사고' 가 무엇인지를 모르는 것이다. '차내안전사고' 의 개념을 모르는 사람이 어떻게 '차내안전사고' 예방대책을 수립할 수 있겠나? 하지만 그 자리에서 '못하겠다' 든가 '차내안전사고가 뭐냐?' 고 물어볼 수가 없었다. 나름 이 분야의 전문가라고 소개를 하고 강의했는데, 나의 밑천을 드러내는 것이라 생각되었기 때문이다.

당황스러웠지만 최대한 당황하지 않고 말했다.

"그래요? 혹시 차내안전사고 동영상이 있습니까?"하고 물었다.

그랬더니 차내안전사고를 모아 놓은 비디오테이프를 가져다주었다.

지금은 차량의 블랙박스 녹화를 디지털 방식으로 하기 때문에 손가락만 한 USB에 동영상을 무수히 많이 담을 수가 있는데 당시에는 버스의 블랙박스를 비디오테이프에 아날로그 방식으로 녹화하던 때라 동영상을 비디오테이프에 담아 주었다.

집으로 비디오테이프를 가져와 100개쯤 되는 동영상을 다 돌려 보았다.

시내버스를 잘 몰랐던 시기여서 사고가 일어났다는 것 이외에는 아무것도 눈에 들어오는 것이 없었다.

다시 돌려 보았다. 5번, 10번, 50번, 100번을 보았다.

100개쯤 되는 동영상을 100번을 돌려 보았으니 내 생각에 10,000번쯤은 본 것 같다.

갑자기 눈에 확 들어오는 것이 하나 있었는데 바로 '3초' 였다.

대부분의 차내안전사고가 3초 이내에 일어났는데, 승차 승객이 카드를 태그하고 3초 이내에 넘어졌다. 무엇 때문이었을까? 급출발 때문이었다.

하차 승객이 벨을 누르고 3초 이내에 넘어졌다. 무엇 때문이었을까? 급제동 때문이다.

급출발과 급제동으로 인해 차내안전사고가 일어나는 시점이, 마지막 승객이 카드를 태그하고 3초 이내, 하차 승객이 벨을 누르고 3초 이내라는 것을 발견한 것이다.

3초를 조심하면 사고를 예방할 수 있겠다는 생각이 들기는 했지만, 승무원들에게 '무엇을 조심해야 하는지', '어떻게 조심해야 하는지'를 알려드리기가 어려웠다. 그래서 '3초 운동'이라는 홍보물을 만들게 되었다.

3초만 투자 하십시오. 3초면 됩니다.

안전사고 예방을 위한 선진인 3초 운동

1초 뒷문 내리는 마지막 승객 확인

1초 앞문으로 탄 마지막 승객 자리 잡는 것 확인

1초 안전사고 예방을 축하하며 본인에게 박수

인천선진교통주식회사   전국버스공제조일인천지부   (주)미래로교통안전컨설팅 MIRAERO TRAFFIC SAFETY CONSULTING

2004년 인천선진교통 무사고 100일 대작전에 사용한 홍보물

2004년 9월 23일부터 12월 31일까지 100일 동안 무사고 100일 대작전 캠페인을 하며, 안전사고 예방을 위한 선진인 3초 운동 홍보물을 코팅해서 운전석 옆에 있는 창문에 부착토록 하여

매일 운행할 때마다 홍보물을 보며 다짐을 하도록 하였다.

100일간의 캠페인 결과는 놀라웠다. 전년도인 2003년 9월 23일부터 12월 31일까지의 100일간과 비교를 했더니 사고 건수가 68%나 줄어든 것이다.

3초 운동 홍보물은 내가 버스업계에서 만든 첫 작품인데 대박 작품이 된 것이다.

2005년 이 아이디어를 공유해야겠다 싶어 전국버스공제조합에 차내 안전사고를 예방하려면 '3초 운동'을 해야 한다며 이것을 스티커로 제작해 전국의 모든 버스에 부착하면 좋겠다고 제안을 했고 그 아이디어가 채택되어 '3초의 여유'라는 단어가 등장하게 된 것이다.

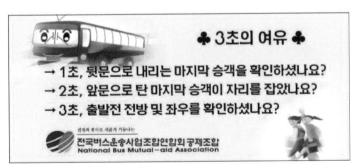

2005년 전국버스공제조합에 제안하여 제작된 '3초의 여유' 스티커

모두를 위한 '절박함'

앞에서도 언급하였듯 나는 차내안전사고 예방대책을 수립해 달라는 부탁을 받기 전까지 차내안전사고라는 용어가 있는 것도 몰랐다.

20여 년 근무한 전문가들도 차내안전사고 예방대책을 수립하지 못해 애를 먹고 있었는데, 차내안전사고가 뭔지도 모르는 사람이 어떻게 차내안전사고 예방대책을 수립할 수 있었을까? 나는 그것이 바로 절박함의 산물이라고 생각한다.

보험회사를 그만두고 교통안전교육이라는 새로운 업을 시작한 입장에서 뭔가 승부수를 내야 하는데 처음 부탁받은 것에 대해 '차내안전사고가 뭔지 모르니까 못 하겠다'는 식으로 거절할 수가 없었다.

당시에는 이걸 해결하지 못하면 나를 전문가로 인정하지 않아, 더 이상 교육을 의뢰하지 않을 것 같았기 때문이다.

똑같은 동영상을 100번씩 보는 것이 쉬운 일은 아니었다.

하지만 동영상을 반복적으로라도 보는 것 이외에 내가 찾을 수 있는 해답이 없었기 때문에, 거기서 무언가 발견해야만 했던 당시의 절박함이 '3초'를 발견하게 해주었고, '3초의 여유'도 만들게 되었다.

04 : 기분 나빠서 강의 못 하겠어요

나는 강사다. 시내버스 업계에서는 그래도 알아주는 강사다.

처음부터 강의를 했던 것도 아니었고 강의를 할 생각도 없었다. 내가 버스 승무원에게 강의하게 된 계기가 된 사건이 있었다. 그 사건이 나로 하여금 버스회사의 강단에 서게 했다.

2004년도에 미래로교통안전컨설팅으로 교육사업을 시작한 후 나의 역할은 버스회사를 대상으로 영업을 하고 교육할 때 강사를 소개하고 과정을 진행하는 진행자였다.

당시에 우리가 진행한 강의 분야는 교통안전 분야와 친절서비스 분야였는데 친절서비스 강의를 들으며 이상한 점 하나를 발견하게 되었다.

표준 교안이라도 있는 것처럼, 서로 다른 강사들을 다른 루트를 통해 초빙해 강의를 진행했는데도, 강의의 내용이 70% 정도는 비슷했다.

주로 강의했던 내용이 '승객에게 친절하게 서비스를 하기 위해서 미소를 지어야 한다.'

'메라비언의 법칙이 있는데, 고객에게 영향을 미치는 것 중 말의 내용은 7%, 청각적 요소는 38% 영향을 미치지만, 시각적 요소는 무려 55%나 영향을 미친다.'

'우리의 얼굴을 보면 양 미간을 통해 복이 들어오고, 콧등을 타고 복이 내려오는데, 입이 복을 담는 그릇이다. 입꼬리가 아래로 쳐져 있으면 받은 복도 다 쏟게 된다. 그래서 입꼬리를 올리는 연습을 해야 하는데 미나리, 개나리, 개구리 뒷다리 등 '이' 자로 끝나는 말을 연습해야 한다.' 등...

약속이라도 한 것처럼 여러 명의 강사가 같은 내용으로 강의를 하니 콘텐츠가 없어 우려먹는 것 같은 느낌이 들어 승무원들이나 버스회사에 미안한 마음을 가지게 되었다.

마땅한 대안이 없었던 상황에서 '이렇게 강의를 진행해야 하나?' 하는 고민하고 있을 때 결정적인 사건이 생겼다. 인천에 있는 현대해상 강당을 임대해 버스회사 몇 군데를 모아 교육을 할 때였다.

친절 서비스 강의를 하는 대부분의 강사는 여성분이었는데, 강의를 듣던 승무원 한 분이 성적인 농담을 던진 것이다. 강사가 순간 당황했지만, 드러내지 않고 부드럽게 무마하며 넘어가려는데, 군중심리 때문인지 여기저기서 앞에서 언급했던 것을 받아 성적인 농담 몇 마디를 더 하게 되었다.

지금은 직장 내 성희롱을 예방하기 위한 법이 제정되었고, 1인 이상의 근로자를 고용한 사업장은 의무적으로 년 1회 직장 내 성희롱 예방교육을 실시하여야 한다.
한동안 한국 사회를 뜨겁게 달궜던 미투운동의 영향으로 상대가 성적 수치심을 느끼는 행동을 하지 않기 위해 서로 노력하고 있지만 2000년대 초반의 분위기는 그렇지 않았다.

승무원들의 짓궂은 농담에 당황한 강사는 갑자기 '저 이런 분위기 속에서 강의 못 하겠어요' 하더니 마이크를 놓고 나가버렸다. 강의장 뒤편에 앉아 있던 나는 강사가 나가는 것을 보고 연단으로 뛰어가 상황을 수습해야 했다. 다음 강의 시간이 20분 정도 남아 있었기 때문에 20분 동안 뭐라도 이야기를 하며 시

간을 끌었다

당시 20분 동안 뭐라고 이야기를 했는지는 생각도 안 나지만 그때 마음속에서 '내가 외부강사 초빙해 돈 쓰고 마음 졸이며 이게 뭐 하는 짓인가? 차라리 내가 강의를 할까?' 하는 생각을 했던 것은 분명히 기억이 난다.

그 사건을 계기로 나는 시내버스 업계의 친절 강사로 데뷔하게 되었다.

전문 강사들처럼 강의기법 같은 것을 배워본 적은 없지만, 보험회사 다닐 때 육성실에서 보험대리점과 설계사들을 대상으로 강의했던 경험이 있어 강의하는 것에 대한 두려움은 없었다. 하지만 친절 서비스 강의라는 새로운 분야를 시작하는 것에는 나름 용기가 필요했다.

당시 파워포인트 자료 같은 것을 이용해 강의하지 않고 화이트보드에 판서하며 강의했는데 반응이 나쁘지 않았다. 아니 반응이 꽤 괜찮았다.

첫 번째 강의에서 성공적인 반응이 나오니 용기를 얻어 두 번째 강의를 준비하게 되었고 두 번째도, 세 번째도 버스 승무원들과 버스 회사의 좋은 반응이 나오자 교통안전 교육은 외부 강사에게 의뢰하고, 친절서비스 강의는 외부에 맡기지 않고 직접 진행하게 된 것이다.

강의를 직접 하면서 그동안 친절 서비스 강의를 했던 강사들에게서 아쉽게 느껴졌던 부분에 대해 정리를 하게 되었다.

왜 강사마다 저마다의 색깔이 없고 천편일률적인 내용으로 강의를 하나 생각을 해 보았는데, 강사마다 뚜렷한 전문적인 분야가 아닌 외부에서 의뢰가 오는 강의를 소화해 내기 급급하다 보니 전문성을 가지기 어려울 수밖에는 없었겠구나 생각을 하게 되었다.

물론 어느 정도의 강의 횟수 등이 보장된다면 강사들도 더 철저히 준비할 수 있겠다는 생각을 하게 되었는데 이러한 생각이 '시내버스 전문강사 육성과정' 으로 이어져 내가 시내버스 회사의 강의를 하면서 쌓게 된 노하우를 강사들과 공유하며 일정 부분 소속감을 가지고 강의를 할 수 있도록 해 줌으로써 시내버스에 특화된 강사풀을 구성하는 밑거름이 되기도 했다.

당시에는 무책임하게 강의장을 벗어난 강사의 행동이 너무나도 야속했고, 벌어진 상황을 수습하기 위해 식은땀을 흘려야했던 아찔했던 순간으로 기억되지만, 시간이 지나 생각해 보니 그 사건이 계기가 되어 내가 시내버스 업계에서 이름난 강사로 자리 매김할 수 있도록 해 주었고, 시내버스 전문 강사진을 육성하는 계기를 만들어 주었다는 점에서 감사한 일이라는 생각을 하게 된다.

05 : 친절 강사가 남자예요?

　　　　　버스회사에 강의하러 처음 갔던 날 담당자와 승무원
들로부터 들었던 말이 바로
'친절 강사가 남자예요?' 였다.

친절 서비스를 강의하는 강사의 대부분은 여성이었다. 그것은
지금도 마찬가지다.
버스회사는 남녀의 성비가 아주 대비되는 곳이다.
지금까지 다니며 여성 승무원이 전체 승무원의 20%를 넘는 버
스회사는 한 곳도 보지 못했다.
하지만 남성 승무원이 100%인 회사의 비율은 꽤 된다.
여성 승무원의 비율이 많아도 5%를 넘기 어려운 것이 현실
이다.

다시 말해 대부분의 구성원이 남성으로 이루어진 조직이라는 것이다.

일반적으로 남성 위주로 구성된 조직에서는 여성 강사가 인기가 있다. 반대로 여성 위주로 구성된 조직에서는 남성 강사가 인기가 많다.

승무원의 성비를 이야기하는 이유가 그것인데, 대부분의 구성원이 남성으로 이루어진 조직에 남성 강사가 강의하러 오는 것은 그다지 환영받는 일이 아니다.

더욱이 친절 서비스 강의를 남성이 한다는 것을 받아들이는 것은 지금도 쉽지 않은 일이지만 10여 년 전에는 더욱 어려운 일이었다.

금녀의 구역처럼 여겨졌던 버스 승무원 자리에 여성이 처음 앉았을 때, 뉴스에 보도되는 것과 같은 수준의 사건이라고 생각하면 된다.

물론 지금은 남녀의 직업적 경계가 많이 허물어져 있다.

해마다 각 군 사관학교 졸업생도 중 여성 비율이 높아지고 있고, 부사관 중에서도 여성의 비율이 꽤 되는데 그 비율을 더 늘릴 예정이라고 한다. 용접 업종에도 여성들이 많이 진출하고 있다.

남자들도 여성들의 전유물처럼 여겨지던 간호사 업종에 진출하는 사람들이 많아졌고, 상대적으로 여성들의 전유물이라 여겨졌던 사회 서비스업에 남성들의 진출이 많아지고 있다.

그러나 아직도 남성들 위주의 업종과 여성들 위주의 업종이 구분되어 있는 것이 현실이다.

'다음부터는 여성 강사 보내지 말아 주세요.'

'남자 강사라 우리 마음을 조금 아는구먼.'

버스회사에서 처음 강의를 하고서 들은 이야기이다.

불과 한 시간 전에 친절 강의를 하러 남자가 왔느냐는 이야기를 들었던 것을 생각하면 상전벽해, 180도 달라진 이야기가 아닐 수 없다.

나는 전문강사로 훈련을 받은 적이 없다. 친절 서비스 분야는 접해본 적도 없었다.

그런데 어떻게 버스회사에서 승무원들의 마음을 얻을 수 있었을까?

역설적이지만 강사가 아니었기에 강의에 대한 고민을 더 많이 했고, 버스에 대해 잘 몰랐고 버스의 친절 서비스 분야는 더욱 더 문외한이었기 때문에 그들의 생활을 알기 위해서 그리고 그들의 마음을 읽으려고 무단히 노력을 했던 보상이 아닌가 싶다.

강의하기 위해 버스회사를 파악했던 것은 아니었다. 버스회사를 고객으로 교육사업을 하면서도 내 역할은 강의가 아니었기 때문이다. 버스회사를 대상으로 사업을 하기 위해서는 버스회사를 알아야 했고, 버스 승무원을 알아야 한다고 생각했을 뿐이었다.

버스를 이해하기 위해 내가 할 수 있었던 일은 시간을 투자하는 것이었다. 아침 첫 차 배차 받으러 오는 승무원들을 맞이하기 위해 새벽 3시경 일어나 용인에서 인천까지 이동해야 했고, 막차 운행하고 들어오는 승무원이 박차를 마치고 돌아간 뒤에 집으로 돌아오기도 했다.
하루 종일 배차실에 앉아 한 바퀴 운행을 마치고 들어오는 승무원들 붙들고 어떤 상황에서 보람이 있는지, 어떤 승객을 만나면 피곤한지, 어떤 상황들이 힘든지 등을 묻기 시작했다.

버스를 타면 이전과는 다르게 관찰자가 되었다. 승무원은 어떻게 운행을 하는지, 승객은 어떤 행동을 하는지를 살펴 보았다. 때로는 승무원의 입장이 되어 상황을 보기도 했고, 때로는 승객의 입장이 되어 상황을 보기도 했다.

하루 중 가장 많은 시간을 버스를 생각하며 살았던 것 같다. 그랬더니 어느 순간 사람들이 나를 전문가라고 불러주기 시작했다.

친절서비스 강의를 남자가 하느냐는 질문에서 이제는 여성 강사 보내지 말고 남성 강사를 보내 달라고 하는 것으로 바뀐 것은 단순한 변화가 아니라는 생각이 든다.

여성 강사라서 친절 서비스 강의를 잘하거나, 반대로 남성 강사이기 때문에 남자들이 많이 있는 버스 승무원을 더 잘 이해하여 강의를 할 수 있다고 보지는 않는다.

관심을 얼마나 가지고 있는가에 따라 보이는 양의 차이가 결정되는 것이다.

강의의 질도 달라지는 것이다.

나는 지금 대한민국에서 버스회사에서 강의를 가장 많이 하는 사람이다. 당연히 버스회사의 관계자들과 많이 알고 있다. 나를 알고 있는 회사에서는 더 이상 친절 서비스 강의를 남자 강사가 하러 왔는지 묻지 않는다.

그런데 어쩌다 처음 강의하러 가는 버스 회사에서는 '친절 서비스 강의를 하러 남성 강사가 왔네.' 하는 시선을 마주하게 되는 것도 현실이다.

06 : 6개월 투자의 효과

나는 2004년부터 시내버스 업계와 인연을 맺었다. 2004년도 이전에는 시내버스와는 아무런 인연이 없었다. 굳이 인연이라고 한다면 시내버스를 타고 다니는 승객이었다는 것 말고는 없다.

시내버스를 잘 알지 못하며 시내버스 교육을 하기는 어렵다. 그래서 시내버스를 공부하기로 했다.

다행히 내게는 좋은 스승이 있었다. 지금은 김포운수 전무로 근무를 하고 있지만, 당시 인천선진교통에 근무하던 이상훈 차장이다. 이상훈 차장과의 인연은 버스 승무원을 대상으로 처음 강의를 하던 날에 시작되었다.

강의할 때 항상 부담되지만 2가지 상황에는 특히 더 부담스럽다.

하나는 처음으로 다루는 주제를 강의하게 되는 경우이고, 다른 하나는 처음 대하는 학습자들 앞에서 강의하는 경우이다.

이상훈 차장과의 인연이 시작된 날은 이 2가지가 모두 해당하는 참으로 부담되는 상황이었다.

버스 승무원을 대상으로 처음 강의하는 날이었고, 교통안전이라는 분야로 강의를 하는 것도 처음이었다. 부담감을 가지고 어렵게 강의를 마쳤는데 한 분이 손을 번쩍 들더니 '강사님이라면 버스회사에서 가장 해결하고 싶은 문제인 차내 안전사고의 해결책을 찾아 주실 수 있을 것 같은데 우리를 좀 도와주십시오.' 라는 이야기를 했다.

어떤 강의를 했는지 기억은 나지 않지만, 이상훈 차장의 반응으로 강의가 잘 되었다는 것은 알 수 있었다.

나를 믿고 버스업계의 숙원과제인 차내안전사고 예방대책을 수립해 달라는 엄청난(?) 부탁을 받고 어떻게든 문제 해결을 위한 고민을 한 끝에 탄생한 것이 '3초의 여유' 라는 스티커이다. (195p참조)

버스회사의 하루는 빠르게 시작되는 편이다. 일반적인 회사의 근무시간이 오전 9시부터 오후 6시까지인데, 버스회사는 그보다 빠르게 시작을 한다. 배차실의 업무는 새벽 4시부터 시작되니 이를 제외하고 사무실의 근무도 보통은 8시 전에 시작이 되고 5시쯤이면 근무가 끝난다.

내가 본 이상훈 차장은 새벽 5시쯤 업무를 시작했고, 저녁 10시쯤 되어서야 일이 끝났다.

교통사고가 나면 사고 현장을 누비며 사진도 찍고, 피해자도 만나러 가는 등 인천 시내를 누비며 일을 하고 있었다.

시내버스에 대한 이해도를 높이기 위해서는 버스 승무원들에 대해서도 알아야 하지만 버스회사의 입장도 알아야 한다.

버스 승무원의 입장에서 강의하면 버스 회사에서 싫어하는 경우도 있고, 버스회사나 승객의 입장을 너무 강조하면 승무원들이 싫어하는 경우도 있다.

양측의 입장 어디에도 치우치지 않고 줄타기를 하는 것이 쉽지는 않다.

앞에서도 언급했듯 버스를 모르는 상태에서 버스 교육을 시작하였기에 그들을 배울 필요가 있었다.

그래서 시작한 것이 새벽 캠페인이다.

새벽 캠페인은 배차가 시작되는 시간에 맞춰 나가 승무원들에게 안전운행 하시라고 격려를 하는 캠페인인데 2004년도에 살고 있던 곳은 용인이었고 주거래처는 인천이었다.

첫차의 운행시간이 4시를 전후해서 시작되었기에, 집에서 2시 30분쯤에는 일어나야 준비하고 인천까지 갈 수 있었다.

새벽에 나가며 빈손으로 가기 어려우니 비타민 음료 등을 사서 하나씩 쥐어 드리며 배차실을 나가는 승무원들에게 안전운행 하시라는 인사를 드렸다.

5분에서 10분 단위로 버스가 종점을 출발하기 시작하면, 2시간 쯤 되었을 때 마지막 차량이 차고지를 나가게 된다. 그때부터는 배차실에 앉아 한 바퀴 운행을 마치고 들어오는 승무원들과 대화를 나누는 시간이다. 강의장에서는 들을 수 없는 신랄한 승무원들의 의견을 들을 수 있었다.

당시 인천에는 26개 버스회사가 있었고 이 중 23개사가 우리에게 교육을 의뢰했었기에 매일은 아니지만, 꽤 자주 새벽 캠페인을 나갔고 그 덕분에 버스 승무원들의 일상과 애로사항을 빠르게 파악할 수 있었다.

새벽 캠페인을 마치고 나면 점심때 쯤 각 회사를 돌며 회사의 관리자들과 대화를 하며 회사 측의 입장을 듣기도 했고, 교통사고 현장을 일일이 찾아다니며 직접 처리했던 인천선진교통의 이상훈 차장이나 당시 강인여객의 성기상 과장(현재 신흥운수 상무)과 함께 다니며 교통사고 처리를 배우기도 했다.

새벽에 시작된 시내버스 배우기는 직원들이 모두 퇴근한 시간까지 이어졌다. 저녁식사를 하고 이상훈 차장의 사무실에 들어와 버스회사에 필요한 부분은 어떤 것이 있는지 승무원들이 갖춰야 할 것은 어떤 것이 있는지 등의 이야기를 하다 보면 10시나 11시까지 대화를 나누는 경우가 허다했다.

하루하루 현장에서 보내는 시간이 늘어나면서 시내버스에 대한 이해의 폭이 넓어지기 시작했고, 나중에 버스 승무원들을 대상으로 강의를 할 때 자양분이 되었다.

2004년 9월 23일부터 12월 31일까지 인천선진교통과 함께 무사고 100일 대작전을 진행하게 되었다.

2004년 9월 23일은 추분이었다. 추분은 24절기 중 낮과 밤의 길이가 같은 절기이다. 추분을 기점으로 낮은 짧아지고 밤은 길어진다. 겨울 쪽으로 가기 때문에 교통사고가 일어날 확률이 높아지는 시기이기도 하다.

9월 23일부터 시작해 100일이 되는 날이 12월 31일이다. 교통안전 교육을 시작하고 처음으로 진행하는 프로젝트성 캠페인이었다.

하필이면 프로젝트가 시작되기 하루 전날인 9월 22일에 인천 선진교통 버스가 연안부두 근처의 횟집으로 돌진하는 사고가 발생하기도 했다.

100일 동안 교육과 사고 예방활동을 병행했고 앞에서 언급한 '3초의 여유' 스티커도 이때 처음 만들어 운전석 옆에 부착하였다.

결과는 대성공이었다. 전년 동기간 대비 교통사고 건수 기준으로 무려 68%나 감소하는 성과를 내고 '무사고 100일 대작전'은 마무리가 되었다.

6개월 동안 버스회사에서 하루를 시작하고 마무리를 하며 버스 승무원들과 대화하고, 그들의 하소연을 들으며 버스를 배우기 시작했는데, 그것이 자산이 되어 17년이 지난 지금도 버스업계의 교육 전문가로 먹고 살고있다.

다시 돌아간다면 그때의 열정을 발휘할 수 있을지 모르겠다.

하루 중 가장 많은 시간을 버스 생각을 하고 살았다.

하루 중 가장 많은 시간을 버스회사에서 보냈다.

머릿속에 온통 버스 밖에는 없었던 것 같다.

그랬더니 자연스럽게 버스 전문가가 되었다.

2004년 6개월간의 투자는 내게 큰 수익을 안겨주었다. 한 마디로 대박이 난 셈이다.

2020년 말에 출간한 '한 번이라도 모든 걸 걸어본 적이 있는가' 라는 책이 있다.

참 마음에 드는 제목이다.

나는 적어도 한 번은 모든 걸 걸어본 적이 있는 것 같다.

걸었던 대상이 부동산이나 주식이 아닌 버스였다.

묻고 싶다.

한 번이라도 모든 걸 걸어본 적이 있는지!

07   : 3만원만 깎아주세요

버스회사에서 강의하면서 가장 기억에 남는 장면 중 하나를 꼽으라면 '3만원만 깎아달라'고 전화가 왔던 일이었다.

서울시 시내버스 회사의 강사료는 2014년도부터 운송수입금관리협의회(일명 수공협)에서 일괄적으로 지급하지만, 당시에는 버스회사에서 강사료를 지급했다.

자체적으로 강사를 조달하거나 교육 자체를 하지 않으면 강사료를 지급하지 않아도 되니 회사마다 교육을 내부 직원들이 실시하거나 아예 교육을 하지 않는 회사들도 상당수 있었다.

나의 경험에 따르면 버스회사는 그다지 돈을 잘 쓰지 않는다.

예로부터 10원짜리(요금) 모아 돈을 벌었던 터라 돈을 아껴 쓴다고 말하는데, 실제로 꼭 필요하다고 여겨지는 것 이외에는 비용 지출을 잘 하지 않는 경우가 많다.

'3만원만 깎아달라' 는 요청을 했던 회사에서는 몇 년째 강의를 하고 있었고, 그 해에도 보수교육 강의를 의뢰해 일정을 받아 놓고 준비 중이었다. 강의일정을 1주일 정도 남겨 놓고 담당자에게서 전화가 왔다. 전화를 받아 보니 담당자가 뭔가 할 말이 있는데 하지는 못하고 이야기를 빙빙 돌렸다.

"무슨 일 있으세요?" 하고 물어보니

"강사님 죄송한데 강사료를 3만원만 깎아주실 수 있으신가요?" 하는 것이다.

당시 받고 있던 강사료 자체가 적었고 3만원을 적게 받으면서 까지 강의를 하고 싶은 마음은 없었다.

"과장님 강사료도 얼마 안 되는데 깎을 게 어디 있습니까? 3만원을 더 줘도 시원치 않을 텐데요." 하고 이야기를 했는데 무엇 때문에 3만원을 깎자고 하는지 궁금해졌다.

"그런데 3만원을 깎자고 한 이유가 무엇인가요?" 하고 묻자 담당자는 머뭇거리다 이유를 이야기했다.

"다른 것은 아니고 강사님한테 강의를 듣고는 싶은데, 다른 회사에서 3만원 저렴하게 강의해 주겠다고 해서 말씀을 드리는 겁니다."

강사료를 비교해 더 저렴한 곳이 있으면 그곳에서 해도 무방하다. 나에게 전화를 해 강의 기회를 주려고 한 것은 참으로 감사할 일이지만, 당시에는 너무도 서운하게 들렸다. 아니 자존심이 너무너무 상했다.

"과장님 3만원 저렴하게 해 주겠다고 하는 곳이 있으면 그쪽이랑 하시지요."라고 대답을 하자 담당자가 당황해 하며
"아닙니다. 강사님께 강의를 듣고 싶죠. 다만 그런 요청이 있어 조율할 수 있는지 여쭤보려고 했던 겁니다."하고 얼른 상황을 수습했다.

강사에게 강사료는 자신의 수준을 보여주는 지표가 되기도 한다.
물론 강사료를 많이 받는 강사가 훌륭한 강사이고, 반대로 강사료를 적게 받는 강사가 함량 미달임을 나타내지는 않는다.
하지만 강사의 인지도와 강의력이 좋으면 강사료는 올라가고 그 반대인 경우에는 강사료가 상대적으로 낮아질 수밖에 없다.

전화를 끊고 나서 생각해 보니 나의 강의가 3만원에 거래되는 것 같아서 마음이 씁쓸했다.

개인적으로는 2004년도 시내버스 업체를 대상으로 교육사업을 시작한 이래 최대의 위기감을 가지게 되었다. 당시의 마음으로는 '이 업계를 떠나야하나' 하는 생각을 할 정도로 회의감을 가지게 되었다.

나는 현재 내가 하는 이 일이 마음에 든다.

버스 승무원들을 대상으로 강의하는 일에서 보람도 느끼고 만족도가 높다.

이 분야에서는 나를 전문가로 인정해 주고 대우도 좋은 편이다.

전국 어느 버스회사를 가도 내가 아이디어를 내 만든 '3초의 여유'를 알아준다. 참으로 기분 좋은 일이다,

3만원 깎아달라고 했을 때 자존심 때문에 업종을 전환했다면, 어찌 되었을까 생각해 보면 아찔하다.

'참을 인자 세 번이면 살인도 면한다(忍字三可免殺人)'는 말이 있듯 화가 나거나 서운하지만 참으며 상황을 잘 수습하는 사람도 있지만, 순간적인 감정에 휩싸여 그릇된 결정을 하는 사람들을 우리는 주변에서 많이 보게 된다.

나 또한 순간적인 감정으로 그릇된 결정을 할 뻔했다.

시간이 많이 지나 그때 무엇 때문에 결정하지 않았는지는 기억이 나지 않는다.

하지만 하나 분명한 것은 버스업계를 떠나야겠다는 생각을 실행에 옮기지 않은 것이 참으로 다행한 일이라는 것이다.

지금 생각해 보면 '그것이 그렇게 화가 날 일인가?' 하는 생각이 들기도 하다.

버스를 운행하는 승무원들도 순간 욱하고 올라오는 때가 많을 것이다.

버스를 이용하는 승객들도 화가 나서 도저히 그냥 넘기지 못하겠다는 상황이 있을 것이다.

그때 이런 방법을 떠 올려 보길 권해드린다.

지금 화가 나는 이 감정이 오늘 밤 잠을 자고 일어난 후에도 똑같을 것인가?

1년쯤 지나서 내년 이맘때 생각해 봐도 화가 나서 못 견딜 일인가?

만약 내일 아침에도, 1년 후에도 화가 나서 못 참고 못 견딜 일이라면, 그것은 진짜 화가 나는 일 일테니 뜻대로 하시라.

그러나 내일 생각해 보면 그렇게까지 할 일은 아니라는 생각이 들거나, 내년쯤에 생각해 보았을 때 지금처럼 화를 낼 일이 아니라는 생각이 들 것이라면, 참는 것이 본인에게도 내가 화를 발산하려고 하는 사람에게도 이롭다.

'참을 인' 자 세 번을 생각해 보자.

08 : 에코 드라이브

수원여객 교육을 진행할 때 현대자동차에서 에코 드라이브 강의를 할 예정이니 1시간을 할애해 달라는 요청을 받았다.

회사 측의 요청이기도 했고, 에코 드라이브 강의는 어떻게 하는지도 궁금했기 때문에, 흔쾌히 1시간을 에코 드라이브로 나머지 1시간은 교통안전 교육으로 편성해 진행을 했다.

현대자동차 파워트레인 연구소의 연구원이 나와서 강의를 진행했다. 교육내용이 참 좋았는데 한 가지 아쉬웠던 것은 조금 어려웠다.

승무원들은 어떤지 반응을 살펴보니 역시 어렵다는 반응이다.

수원여객은 종일 근무하는 근무제여서 동일한 교육을 2번 하는데, 주를 바꿔 2주간에 걸쳐 교육하게 된다. 다음 주가 되어 다른 조 교육 때도 교육을 들으며 승무원들의 반응을 유심히 살폈는데 역시나 잘 모르겠다는 반응이었다.

무엇이 문제인가 생각을 해 보니, 학습자들의 눈높이를 맞추지 못하는 문제였다.

파워트레인 연구소의 연구원들은 엔진 분야의 전문가들이다. 그래서 엔진과 관련된 전문용어나 원리를 설명하고 이해하는 데 어려움이 없다. 하지만 버스 승무원들은 버스 운행에는 전문가들이지만, 버스 엔진의 작동원리나 용어에 익숙하지 않았다.

기계 공학도의 관점에서만 설명하니 운전에는 익숙하지만, 기계작동의 원리를 잘 알지 못하는 승무원들로서는 어려울 수밖에 없었다.

그래서 현대자동차 파워트레인 연구소에 부탁해 강의자료를 주면, 내가 버스회사에 다니며 에코 드라이브 강의를 하겠다고 해 강의자료를 받게 되었다.

각 버스회사에 다니며 에코 드라이브 강의를 하다 문득 '내가 운전을 할 때 적용해 보면 어떻게 될까?' 하는 생각을 하게 되었다.

적용해 보니 결과는 놀라웠다. 평소 부드럽게 운전을 해 왔던 터라 남들보다 좋은 연비로 운전을 하고 있다고 자부를 했는데, 에코 드라이브 강의를 하며 설명했던 방식으로 운전해 보니 연비가 훨씬 좋아지게 된 것이다.

에코 드라이브를 해야 하는 이유

1. 원가절감
2. 환경오염 방지
3. 정비 비용의 감소
4. 사고 감소

에코 드라이브 운전을 하면 여러 가지 이점이 있는데, 몇 가지만 정리를 해 보자면 첫째로는 원가절감을 들 수 있다. 버스회사에서 쓰이는 비용 중 가장 큰 비용은 인건비이다. 그리고 두 번째로 많이 사용되는 비용이 연료비인데 전체 비용의 20%를 넘는 수준이다.

두 번째는 연료 절감으로 환경이 오염되는 것을 줄일 수 있다는 것이다. 요즘 버스에서 사용하는 연료는 주로 CNG(압축천연가스 Compressed Natural Gas)인데 CNG를 연료로 사용하는 버스는 매연은 발생시키지 않지만, 이산화탄소(CO_2)는 배출하기 때문에 환경오염을 줄이기 위해서 에코 드라이브 운전을 해야 한다.

세 번째로는 정비 비용의 감소이다.
시내버스는 각종 소모품이 많이 사용되고 있고 소모품의 비용 또한 만만치가 않다. 에코 드라이브 운전을 하게 되면 연료비만 절약되는 것이 아니라 정비 비용도 감소한다. 차를 부드럽게 운행하게 되어 소모품의 수명이 연장되는 것이다.

마지막으로 강조하고 싶은 부분은 사고의 감소이다. 대부분의 많은 사고가 급하게 운행하는 것 때문에 일어나게 되는데, 에코 드라이브는 급하지 않게 운행해야 하므로 에코 운전을 하게 되면 자연스럽게 사고가 줄어들게 된다.

그럼 어떻게 운행을 해야 연료비가 줄어드는 에코 드라이브 운전을 할 수 있는지 알아보자.

1) 전자 엔진의 특성 이해

과거 버스에 사용된 엔진은 기계식 엔진으로 엔진의 힘이 부족했다. 그래서 언덕길을 오를 때 힘들게 운전을 하거나 시동을 꺼뜨리는 경우를 종종 목격하곤 했다. 최근에 사용하는 전자식 엔진은 표에서 보는 것과 같이 힘이 남아 돈다고 볼 수 있다. 따라서 저단 기어로 출발을 할

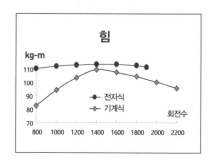

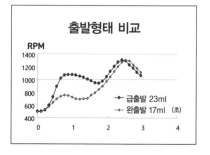

때 과도하게 액셀러레이터를 밟지 않아도 된다. 아래의 표는 출발할 때 RPM(분당회전수 Revolutions per minute)에 따라 연료 사용량이 어떻게 달라지는지를 보여준다.

아직도 과거 기계식 차량을 운전했던 경험이 있는 승무원의 경우, 과거의 운전습관을 유지하고 있는 경우가 있는데, 지금 운전하고 있는 차량이 힘이 센 차량이라는 생각을 가지고, 액셀러레이터를 과도하게 밟지 않는 운전습관을 가질 필요가 있다.

2) 가속 시 액셀러레이터 조작법

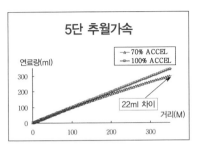

가속을 할 때 액셀러레이터를 얼마큼 밟는지에 따라서도 연비가 달라지는데 액셀러레이터는 최대한 밟지 않고 70% 정도만 밟아 주는 것이 연료 절약 운전에 도움이 된다. 5단 기어에서 100% 액셀러레이터를 밟았을 때와 70% 정도의 액셀러레이터를 밟았을 때의 연료 분사량을 비교해 보니 약 6% 정도의 연료량 절약 효과가 있는 것으로 확인되었다.

3) 변속 시점에 따른 연비 절감

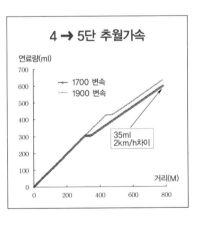

앞에서도 전자식 엔진은 힘이 좋다고 했는데, 힘이 좋은 전자식 엔진 차량을 운행하면서 굳이 저단 기어를 오랫동안 유지하며 운전을 할 필요가 없다.

CNG 버스를 기준으로 했을 때 최적의 변속 속도는 2단에서 3

단으로 변속할 때 20km/h, 3단에서 4단은 35km/h, 4단에서 5단은 60km/h이 적당하다. 현대자동차의 유니버스와 같이 6단 기어가 있는 경우에는 5단에서 6단 변속을 할 때 80km/h 상태에서 변속을 해 주면 된다.

일반적으로 엔진 최적 연비 구간은 1,200~1,500rpm이다.

＊변속 RPM에 따른 연비를 비교하면 4단에서 5단으로 변속을 할 때, 1,700rpm에서 변속을 할 경우에는 598ml의 연료가 소모된데 비해, 1,900rpm에서 변속했을 때에는 633ml의 연료가 소모되어 약 6%의 연료 효율의 차이가 발생하게 된다.

4) 오르막길 운전 방법

차량의 연료 소모가 가장 많을 때를 꼽으라면 단연 오르막길을 운행할 때라고 할 수 있다. 중력을 거슬러 올라가야 하므로 연료 소모가 많은데 오르막길을 운행

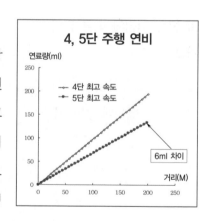

하며 기어의 단수, 액셀러레이터의 조작에 따라 연비는 크게 달라진다.

표와 같이 오르막길을 4단 기어로 오르는 경우 193ml의 연료가 소모되는데 5단 기어를 사용하면 133ml의 연료가 사용되어 무려 45%의 차이가 발생한다.

5) 정속 주행 시 액셀러레이터 페달 사용 방법에 따른 연료 차이

이 표는 80km/h의 속도로 주행을 할 때 액셀러레이터를 일정하게 유지한 경우와 액셀러레이터를 밟았다 떼는 등의 조

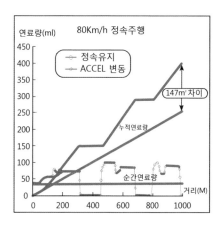

작을 한 경우의 연비를 비교한 것으로, 1km를 주행할 경우 정속을 유지한 경우에는 252ml의 연료를 소모한 반면, 액셀러레이터를 자주 조작한 경우에는 399ml의 연료가 소모되어 무려 58%의 연료 소모량 차이를 보인다.

최근 제작되는 엔진은, 액셀러레이터에서 발을 떼면 연료 분사가 멈추는, 퓨엘 컷(Fuel-cut) 기능이 있어 전방에 신호가 적색인 경우와 내리막길을 갈 때의 경우에는, 액셀러레이터에서 발을

떼고 차량이 주행하고 있는, 관성을 이용하여 차량을 이동시키는 것이 연비 향상에 도움을 준다. 하지만 평지에서 액셀러레이터를 자주 조작하는 것은 연비 향상에 도움이 되지 않는다.

에코 드라이브를 한 문장으로 줄이라면 이렇게 이야기할 수 있다.
'덜 밟고 덜 밟자'
생각한 것보다 액셀러레이터 조금만 덜 밟고 관성 주행 등으로 브레이크도 조금만 덜 밟으라는 뜻이다.

버스를 운행하지 않는 일반 운전자에게도 그대로 적용되는 원리이니 모두가 에코 운전으로 비용도 줄이고 사고도 줄이는 운전을 하시기 바란다.

09 : 시내버스 학과와 버스 승무원 사관학교

군포에 있는 우신버스의 박태일 상무와 대화를 나누며 놀라운 이야기를 들었다.

"강사님 대한민국에 사업용 버스 운전을 하시는 분들이 10만 명 정도가 되는데 관련한 학과가 하나도 없다는 게 말이 됩니까?"

생각해 보지 않았던 주제였다.

대학에 들어갈 때 수험생들이 선택하게 되는 중요한 2가지가 '어떤 학교에 갈 것인가'와 '어떤 학과를 갈 것인가'이다.

이 중 학과는 직업과 관련이 되어 있다.

의사가 되기 위해서 의학과에 가고 법조인이 되기 위해서 법학과를 간다.

경영자의 꿈을 품고 경영학과에 가고, 연예인이 되기 위해 연극 영화학과를 선택한다.

안경사가 되기 위해서 안경학과를 가고, 말 관련 레저산업에 종사하기 위해 마사학과에 진학하기도 한다.

수학과나 국문학과 등 기초 학문과 관련된 학과가 있는 예는 있어도, 꽤 큰 규모의 직업이 있는데도 학과가 없는 것은 드문 케이스이다.

관련 학과를 졸업했다고 해서 꼭 그 분야에서 일하는 것은 아니지만, 직업이 있으면 관련 학과가 있는 것이 통상적이다.

그런데 버스와 관련된 학과는 눈을 씻고 찾아 봐도 없다.

특히 승무원들이 하는 일은 승객을 운송하는 일로 친절하게 운행하는 것도 중요하지만, 무엇보다 안전하게 운행해야 하는 것이 중요함에도, 이것을 체계적으로 가르쳐주는 곳이 없다는 것 자체가 의아하게 생각되었다.

시내버스 승무원에게 교통안전을 교육하는 것으로 교육 사업을 시작해 친절서비스교육, 인성교육, 배차, 평가 등 승무원들이 학습할 수 있는 콘텐츠를 늘려오고 있었던 나는 이 부분에서 내가 할 수 있는 일이 무엇이 있을까 고민하기 시작했다.

해당 분야의 학위가 있는 것도 아니고, 학교 운영이라는 것을 해 본 적도 없는 내가 시내버스와 관련된 학과를 만드는 것은 상상도 할 수 없는 일이어서, 어떻게 하면 이 문제를 풀어낼 수 있을까 고민은 했지만 뾰족한 수는 없었다.

시내버스와 관련된 학과를 만드는 것은 시간이 오래 걸리고 힘든 일이다. 하지만 내가 하고 있는 직업훈련 분야에서 생각해 보니 뭔가를 만들 수 있을 것 같았다.

그래서 업계의 선배인 김기섭 대표와 상의를 하여 폴리텍대학 성남캠퍼스와 MOU를 맺어 폴리텍대학에서 '더 퍼스트 시내버스 승무사원 사관학교'를 개설하게 되었다.

서울시 시내버스 회사에 취업을 하고자 하는 승무원들을 대상으로 진행하는 교육을 마냥 길게 할 수는 없었다. 이들은 하루라도 빨리 회사에 취직해 견습 기간(버스회사에서는 수습기간이 따로 없는 대신 노선을 익히고 회사에서 정식 취업하기 전의 기간을 견습 기간이라 한다.)을 마치고 돈을 벌어야 하므로 대학교처럼 몇 년 또는 몇 학기를 교육할 수는 없어 1개월 과정으로 운영을 하게 되었다.

우리나라에 하나밖에 없는 시내버스 승무원 사관학교라는 자부심도 있었고, 나름 제대로 운영해 보고 싶은 욕심이 있었기에 강사진도 업계 최고의 강사진으로 꾸려 운영을 하였다.

오전 9시에 교육을 시작해 오후 6시에 끝나는 하루 8시간 과정을 20일간 운영했으니, 총 160시간 과정이었고 이는 버스 승무원을 대상으로 하는 과정으로는 파격적으로 긴 교육이라 할 수 있다.

버스회사에서 요구하는 스펙(당시 대형면허 소지자 중 마을버스 경력 2년 이상 또는 타지역 시내버스 경력 1년 이상으로 무사고자)을 갖춘 사람들을 사전 면접하여 선발한 후, 20일간의 교육과정을 진행하여 20여 명의 수료생을 배출하였다.

책임감을 가지고 열심히 교육도 했고, 버스회사를 찾아가 취업시키는데도 애를 많이 썼다. 그동안 버스회사 교육 현장에서 일을 해 온 나를 믿고 추천한 수료생들을 채용해 준 회사도 있었고, 경력 또는 운전능력이 부족해 입사하지 못하는 경우도 있었다.

처음 이 일을 해 보겠다고 버스업계 관계자들에게 설명했을 때, 기발한 생각이라고 응원해 주는 사람들도 있었지만, 기득권을 포기하기 쉽지 않을 것이라며 염려하는 사람들도 많았다.

아니 '교육해 역량을 갖춰 입사를 시키는데 무슨 기득권을 이야기하는 건가?' 하고 의아한 마음을 가졌지만, 수료생들 취업을 부탁하러 버스회사를 방문해 보니 무슨 말인지 알 수 있게 되었다.

버스 승무원 사관학교를 시작하기 전 버스회사를 방문해 취지를 설명하니, 좋은 생각이라며 MOU에 도장을 찍어 준 회사 중에서도 막상 수료생 취업을 부탁하러 가니, 태도가 바뀌어 경력을 문제 삼기도 했고, 실력을 문제 삼기도 했으며, 어떤 경우에는 자사에서 운영하는 마을버스에 입사해, 1년 이상의 경력을 쌓아야 한다는 이야기하기도 했다.

모든 버스회사가 그런 것은 아니었지만, 당시에 버스 회사에 들어가려면 회사 측 인맥의 추천이 있거나, 노조 쪽에서 추천을 해야 들어갈 수 있는 경우가 많았다.

승무원 채용 과정이 투명하지 않은것 같다는 느낌을 받았다. 채용의 대가로 돈이 오고 간다는 소문도 있었다. 실제로 알고 있던 분 중에서 채용과 관련된 문제로 회사를 그만두는 경우도 있었고 구속된 사례도 있었다.

10년 가까이 시간이 흐른 지금 서울시와 부산시 시내버스는 공개채용 방식으로 승무원을 채용하고 있다. 누군가의 추천으로 회사에 이력서를 내고 채용되는 것이 아니라 시 차원에서 승무원 풀(pool)을 형성해 뽑고 있다.

그래서 다시 한 번 버스 승무원 사관학교를 시작해 보려고 한다.

과거에 했던 치명적인 실수는 우리가 주체가 되어, 인원 선발을 하고 교육하여 채용을 부탁했던 것이었다. 채용과정이 투명하지 않던 시절이다 보니, 승무원들을 교육하는 이미지보다는 자격 기준에 미치지 못하는 사람들을 선발해, 채용을 의뢰하는 취업을 알선하는 이미지가 강하게 있었다.

이제는 지자체와 버스운송사업조합에서 인재풀을 형성해 공개채용 형태로 채용을 하고 있으니, 우리는 적합한 교육과정을 갖추고, 그들을 버스회사에서 원하는 인재상에 맞게 육성시키는 방식으로 진행을 하려고 한다. 이름하여 채용예정자 교육이다.

한 가지 욕심이 더 있다.

지금의 채용예정자 교육을 통해서는 이론과 실기교육을 담당하기 어렵다.

시내버스 승무원들에게 실기교육을 하려면, 운전연습이 가능한 도로와 버스 등 시설이 구비되어야 하는데, 그렇게 큰 투자를 하기 어려운 상황이다.

하지만 정부에서 시설도 지원해 주는 제도가 있는데 바로 '공동훈련센터'이다.

우리나라에는 다양한 분야의 공동훈련센터가 운영 중이다. 대기업 주도로 자신들의 협력업체 임직원들을 선발하고 훈련하는 데 필요한 공동훈련센터를 운영하는 경우도 있고, 섬유산업 등 각 산업군의 협회를 중심으로 공동훈련센터를 운영하는 경우도 있다.

앞에서도 언급하였듯, 시내버스와 관련해서는 어떤 교육기관도 없다.

각 지자체에서 운영하는, 교통 연수원 등에서 16시간 정도 교육하는 곳과 교통안전공단에서 교통사고를 예방하기 위한 목적으로, 상주와 화성에서 교통안전 체험교육센터를 운영하고 있다.

이와는 다른 시내버스 승무원이 갖춰야 할, 기본 소양을 전문적으로 하는, 교육기관과 공동훈련센터로써 버스 승무원뿐만 아니라, 사내의 정비직, 총무직, 노무직, 배차, 회계 등 각 분야의 업무를, 버스회사의 특성을 반영해, 잘 할 수 있도록 돕는 훈련기관을 운영하고 싶다.(책을 쓰고 있는 도중 교통안전공단에서 공동훈련센터 인가를 받았다.)

지금은 꿈을 꾸지만 머지않은 시간에 하나씩 현실화되어, 시내버스 업계에 교육 분야로 기여를 한 사람, 기여를 한 회사로 기억되고 싶다.

10 : 사람을 살리는 운전

보험회사를 그만두고 버스 교육사업을 시작했다. 운이 좋게 첫 방문에 버스공제조합 인천지부를 통해 첫 계약을 체결했다. 손익을 따질 상황이 아니어서 주어진 일을 하는 것만으로도 감사했다. 하지만 생활을 해야 하는 입장이다 보니 한두 건의 일만으로 경제적인 문제를 해결할 수는 없었다.

의욕을 가지고 시작한 일이기는 하지만, 사업이 궤도에 오르기까지 오랜 시간이 걸렸고, 시간이 지나며 지쳐가기 시작했다.

교육사업을 시작하고 6개월쯤 지났을 때 보험업계에서 스카우트 제안이 들어왔다. 급여나 근무 조건이 괜찮은 꽤 솔깃한 제안이었다.

버스회사 교육하는 일을 계속할 것인지 아니면 보험 일로 돌아갈 것인지 결정을 해야 했다.

당시 결혼 8년 만에 낳은 아들이 태어난 지 얼마 안 되는 상황이어서 가장으로서 가정경제를 책임져야 하는 상황이라 고민이 적지 않았다.

그날도 인천으로 이동을 하면서 계속 이 일을 해야 하는지 보험업계로 돌아가야 하는지를 고민하고 있었다. 인천의 구월동 교차로에서 신호 대기를 하고 있는데 불현듯 몇 년 전 공익광고에서 보았던 장면이 눈앞에서 펼쳐졌다.

손해보험협회 교통안전 캠페인 시리즈 중 2002년도에 방송이 된 '투명인간' 편이다.(아래 QR코드 유튜브 영상의 47초부터)

광고는, 커다란 방에서 아이가 홀로 하늘에 떠 있으며 웃고 있고, 서서히 아이의 엄마가 나타난다. 이어서 축구를 하는 경기장에서 공이 아무도 없는 것으로 날아갔는데, 축구선수가 나타나더니 헤딩을 한다. 오케스트라 연주장에

서 허공에 바이올린이 스스로 연주를 하는 것 같더니 연주
자가 서서히 나타난다.

아나운서 멘트
"교통법규를 지킨 당신이 지난 한 해 2,000여 명의 소중한
생명을 살렸습니다. (화면에 자막으로 '작년 교통사고 사망자 2000
여 명 감소 2001년 기준' 이라는 문구가 등장한다)
대한민국의 미래를 살렸습니다. 교통법규를 지키는 일 바
로 소중한 생명을 살리는 길입니다."

아나운서의 멘트가 나오는 상황에서도 화면에서는 투명 인
간들이 계속 나타나 살아 움직인다.

2001년은 우리나라 교통사고 사망자가 획기적으로 감소한
해이다.
2002년 한일 월드컵을 준비 중인 상황에서, 국제사회에 대한
민국이 교통법규를 잘 지키는 사회라는 이미지를 심어줄 필
요가 있어, 2001년도에 교통법규 위반 단속을 엄하게 했다.
그 결과 교통사고가 줄어들었고, 2000년도까지 교통사고로
인한 사망자가 1만 명 선에서 유지되다가 8,000명대로 줄

어들었다. 광고에서 나오는 작년 한 해 2000여 명의 생명을 살렸다는 내용이 바로 그것이다.

당시 예능 프로그램에서도 교통법규를 지키자는 취지로 「일요일 일요일 밤에」라는 프로그램의 '이경규가 간다'라는 코너에서 교통법규를 지킨 사람들에게 양심 냉장고를 지급해가며 교통법규 지키기를 장려하고 있었다.

결과 2001년부터 교통사고가 획기적으로 줄기 시작했고, 2019년도에는 3,349명으로 2001년에 비해서도 절반이 넘는 감소세를 보였다.

단위 : 명

	발생건수 (건)	사망자수	차 1만대당 사망자수	부상자수	차 1만대당 부상자수
1991	265,964	13,429	32	331,610	781
1992	257,194	11,640	17	325,943	466
1993	260,921	10,402	13	337,679	411
1994	266,107	10,087	11	350,892	369
1995	248,865	10,323	10	331,747	309
1996	265,052	12,653	11	355,962	297
1997	246,452	11,603	9	343,159	265
1998	239,721	9,057	7	340,564	260
1999	275,938	9,353	7	402,967	309
2000	290,481	10,236	7	426,984	308
2001	260,579	8,097	6	386,539	265
2002	231,026	7,222	5	348,149	222
2003	240,832	7,212	4	376,503	231
2004	220,755	6,563	4	346,987	208
	발생건수 (건)	사망자수	차 1만대당 사망자수	부상자수	차 1만대당 부상자수

2년 전에 보았던 광고지만 보험회사에서 자동차보험을 담당했었고, 자동차 사고 상담을 하고 있어, 하는 일과 연관성 때문에 광고의 내용을 상세히 기억하고 있었다.

현실로 돌아와 내가 서 있는 교차로의 횡단보도를 지나가는 아주머니를 보는데, 마음속에서 '저 아주머니는 나 때문에 살아 돌아다니는 거야. 내가 인천에서 교통안전 교육을 하지 않았으면 교통사고를 당했을지도 모르는데, 내 덕분에 살아 돌아다니는 거야' 하는 생각이 들었다.

교차로에 서 있는 차량을 보고는 '저 차는 나 때문에 운행하는 거야. 내가 인천에서 교통안전 교육을 하지 않았으면 사고로 폐차했을지도 모르는데, 내 덕분에 사고 없이 지금 운행하고 있는 거야.' 하는 생각이 들기도 했다.

조금 전까지 이 일을 계속해야 할지 말지를 고민하고 있었는데, 갑자기 세상을 보는 눈이 달라졌다. 내가 하는 일의 가치가 명확해졌다.

그 사건을 통해 우리 회사의 사훈이 정해졌다.

'우리가 하는 일은 세상에서 가장 가치 있는 일이다.'

사람을 살리는 일보다 가치 있는 일이 또 무엇이 있단 말인가?

그 일이 있고 난 후 바로 변화가 있었던 것은 아니다. 그러나 돈 말고도 힘을 내야 하는 동기가 분명해졌다.

'사람을 살리는 운전'이라고 하면 소방차나 구급차를 떠올린다. 맞다. 화재 현장으로 불을 끄기 위해 달려가는 소방차를 운전하는 사람은 사람을 살리기 위해 운전하는 사람이다. 위급한 환자를 살리기 위해 사이렌을 울리며 구급차를 운전하는 사람도 사람을 살리기 위해 운전을 하는 사람이다.

그런데 그들만이 아니다. 이 세상에 있는 모든 차량을 운전하는 사람이 법규를 지키고 사고를 예방하는 운전을 한다면, 이들도 사람을 살리는 운전을 하는 사람이라고 봐야 한다.

나는 버스 승무원에게 사람 살리는 운전 방법을 가르치는 강사다.

그래서 나는 이 일이 좋다.

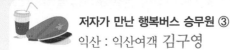

저자가 만난 행복버스 승무원 ③
익산 : 익산여객 김구영

"자네나 사고 내지 말고 오랫동안 버스 운전해 줘"

전라북도 익산에는 익산여객, 광일여객, 신흥여객 버스회사 세 군데가 있다.

2005년 9월 23일 익산여객 교육을 처음 시작하게 되어, 아침에 배차받고 일을 시작하는 승무원을 대상으로 음료수를 드리며 안전 캠페인을 실시하였다.

한참 동안 배차 받으러 나온 승무원들과 인사를 하고 책상 위를 보니, 지역신문(기억으로는 메트로라는 이름의 신문이었던 것 같다.) 1면에 '익산의 명물 친절기사 김구영' 이라는 기사가 있는 것이 눈에 띄었다.

읽어 보니 익산여객에 근무를 하는 김구영 승무원을 칭찬하는 내용이었는데, 회사에 물어보니 젊은 분이 아주 친절해 지역에서 명성이 자자하다는 것이다.

내 기억에 2006년도쯤 익산여객 강의를 위해 다시 익산을 방문했는데, 강의를 하는 날 김구영 승무원이 익산시장 표창을 받는 다는 이야기를 듣게 되었다.

표창을 받는 이유를 물어보니 얼마 전 김구영 승무원이 근무할 때, 익산시의 부시장께서 버스를 타고 이동할 일이 있었는데, 김구영 승무원이 운전하는 버스를 타게 된 것이다.

승객 한 분 한 분 올라탈 때마다 그냥 지나치지 않고, '아버지 어서 오세요.' '어머니 오늘은 어디 가세요?' 등 인사를 하고 친근하게 대화를 나누는 것을 보고 감동을 받았다고 한다.

마침 익산시에서는 시민 몇 분을 표창할 일이 있었는데, 부시장 께서 김구영 승무원을 적극 추천해 표창을 받을 수 있도록 한 것이다.

처음 갔던 때에는 지역신문에 기사가 실리고, 두 번째 방문했을 때에는 시장에게 표창을 받는다고 하니, 익산여객의 김구영 승 무원은 내 기억 속에 친절한 승무원이라는 이미지가 새겨지게 되었다.

2010년 다시 익산여객 교육을 하게 되었다. 강의 주제는 '친절 은 힘이 세다.' 였는데 우리가 승객에게 베푸는 친절 서비스가 헛되이 없어지는 것이 아니라, 다시 부메랑처럼 돌아오게 된다는 내용이다. 강의 말미에 FBI의 특수 수사요원인 '레리 카야' 씨가 제안한 '안전 체포'라는 개념의 특별한 친절함에 대한 사례를 소개하였다.

미국에 정원용 장갑을 끼고 많은 은행을 털었던 전설적인 은행 강도가 있었다. 이 사람의 별명이 '가든 글로브(Garden Glove) 강도'다. 한 은행에 선글라스를 끼고 정원용 장갑을 낀 손님이 들어왔다. 친절한 은행의 매니저가 고객에게 다가가 친절하게 '실내이니 선글라스를 벗어 달라'고 요청한 뒤, 친절한 점원이 있는 창구로 안내했고, 고객은 돈을 환전하여 은행을 빠져나갔다. 후에 알고 보니 이 고객이 유명한 가든 글로브 강도였다. 선글라스와 정원용 장갑을 끼고 들어왔다는 것은, 환전이 목적이 아니라 강도를 목적으로 은행을 방문한 것인데, 이 강도는 환전만 하고 은행을 나간 것이다. 친절함을 베풀면 은행강도도 막을 수 있다는 내용의 TV에서 방영된 영상을 보여주며, 우리가 승객에게 베푸는 친절함도 승객이 무례한 행동을 덜 하게 만들 수 있다는 내용으로 강의를 마무리하였다.

강의를 마친 후 김구영 승무원과 잠깐 인터뷰를 하게 되었다.

그간 익산지역에서 승무원으로, 친절 서비스를 몸소 실천해 오면서, 친절함으로 인해 혜택을 본 일이 있는지를 물어보았다.

김구영 승무원의 대답은, 너무 많아서 다 이야기를 할 수 없다는 것이다.

그중 최근에 친절을 베풀어 덕을 본 일 하나만 소개를 해 달라고 했다.

얼마 전에 있었던 일입니다.

이 지역은 좁고 버스를 이용하는 승객들도 항상 일정해 승객을 모두 기억하고 있어요. 잘 아는 아버님 한 분이 타셨는데 그날은 옷을 근사하게 입으셨더라고요.

그래서 '아버지 오늘은 옷이 참 멋지시네요' 인사하고 운행을 하는데, 아버님이 내리려고 자리에서 일어나실 때, 삼거리에서 신호위반해 들어오는 택시 때문에 급제동을 해야 하는 상황이 벌어졌어요.

룸미러를 보니 아버님은 일어서고 계시더라고요. 얼른 '아버지 위험해요. 손잡이 꼭 잡으세요.' 하고 버스를 멈췄는데, 아버님은 '꽈당' 하고 넘어진 뒤였어요.

얼른 버스를 세우고 다가가

"아버지 괜찮으세요?" 하고 질문을 했는데

아버님이 상당히 고통스러워하시면서 저에게 묻더라고요

"여봐 구영이 이렇게 사고 나면 자네가 책임지나?"

저는 "당연히 제가 잘못했으니까 제가 책임을 져야죠." 라고 답을 했습니다.

그랬더니 "그럼 되었네." 하시면서 그냥 가시겠다는 겁니다.

저는 그냥 보내 드릴 수가 없었습니다.

"아버지 어딜 가세요? 병원에 가야죠." 하고 말씀을 드렸더니 한사코 괜찮다며 그냥 가시겠다는 겁니다.

그래서 그럼 전화번호라도 남겨 달라고 하고 보내 드렸습니다.

저녁에 근무를 마치고 걱정이 되어 전화했더니 아버님께서 화들짝 놀라시며

"여봐 우리 아들, 며느리 들으면 큰일 나 끊어!" 하시며 바로 전화를 끊으셨어요.

아들, 며느리가 일을 마치고 집에 있는데 버스에서 넘어

졌다는 이야기를 들으면, 당장 병원에 가자고 할 것이고 그러면 저에게 피해가 올까 싶어서 급히 끊으신 겁니다. 걱정되었지만 다음날까지 기다릴 수밖에 없었습니다.

어디에 사시는지를 알기 때문에 쉬는 다음 날, 근처에 가서 다시 전화를 드렸더니 나오시더라고요.

"아버지 괜찮으세요?" 하고 물었더니

"괜찮네." 하시는데 표정이 아무래도 괜찮아 보이지 않았습니다.

그래서 "한 번 봅시다" 하고 등을 보니 온통 파스로 도배가 되어 있는 겁니다.

너무나도 가슴이 아파 아버님의 손을 잡아끌며

"괜찮긴 뭐가 괜찮아요?" 하며 "얼른 병원에 갑시다" 라고 했더니, 아버님이 도리어 두 손으로 내 손을 잡으시더니 이런 말씀을 하시는 거예요.

"여보게 구영이 내가 자네 차를 타고 다니면서 얼마나 고마운 줄 아나? 내 새끼들도 나에게 그렇게 친근하게 안부를 묻지 않네. 자네, 내가 버스에 타고 내릴 때마다 어떻게 했나? 아버지 어디 가세요? 아버지 오늘은 좋은

옷 입으셨네요. 아버지 즐거운 시간 보내세요. 하면서
인사를 해 주지 않았나"

잠깐 쉬었다 아버님이 말씀을 이어 갔습니다.

"나 운동하다 넘어지면 병원에 안가네. 내가 자네 차에
서 넘어졌다고 생각하지 않고, 운동하다 넘어졌다고 생
각할 테니 걱정하지 말고, 자네나 사고 내지 말고 오랫
동안 버스 운전해 줘"

하시면서 나의 등을 떠밀며 나를 보내시는 겁니다.

강사님 오늘 말씀하신 것처럼 친절은 정말 힘이 셉니다.
저는 일을 하면서 친절이 힘이 세다는 것을 수도 없이
경험했습니다.

김구영 승무원에게 그 이야기를 들은 지 벌써 10년이 다 되어
가지만, 그날 인터뷰를 하며 받은 감동이 지금도 생생하다.
10년만에 어렵게 김구영 승무원의 전화번호를 알아내 전화를
했더니 반갑게 전화를 받으며 "강사님 도움으로 저도 버스운전
을 하면서 긍정을 전파하는 강사가 되었습니다"는 소식을 전해
준다.

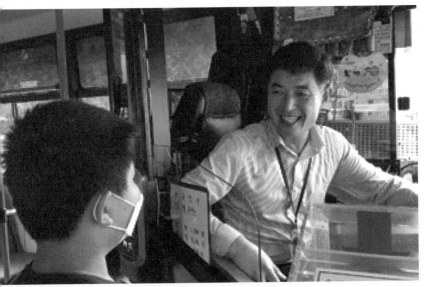

오늘도 친절의 힘으로 근무중인 김구영 승무원

우리가 승객들에게 베푸는 친절이 때로는 아무런 반응도 없이 공중에 흩어지는 것처럼 느껴질 때도 있다. 분명 김구영 승무원에게도 힘이 빠지는 힘든 상황이 있었을 것이다. 그러나 김구영 승무원은 상황에 굴하지 않고 지금도 씩씩하다.

명심하자 친절은 힘이 세다. 우리가 베푼 친절은 부메랑이 되어 우리에게 돌아오고 메아리가 되어 우리에게 반드시 돌아온다.

우리가 이용하는 버스가
행복 버스가 되는지
불행 버스가 되는지의 열쇠는,
버스 승무원도 가지고 있지만,
버스 승객도 동시에 가지고 있다.

Happy Bus Day

Chapter
04

행복버스
이야기

01 : 준공영제 이야기

#1. 서울특별시(시장 이명박)와 서울특별시버스운송사업조합(이사장 김종원)은 2004년 7월 1일자로 중앙버스전용차로, 요금 환승제 등을 포함한 시내버스 준공영제 시행에 합의했다.

(시사프리뉴스)

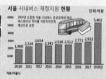

#2. 각 지자체는 시내버스 준공영제 시행에 따른 시도의 재정지원금이 눈덩이처럼 늘어나 골머리를 앓고 있다.

(연합뉴스)

#3. 부산광역시는 2019년 7월 19일 노선 전면 개편 등을 담은 '부산형 시내버스 준공영제 혁신' 안을 발표했다.

(한국일보)

위의 기사에 공통적으로 등장하는 단어는 준공영제이다. 시내버스 업계에서 '준공영제' 라는 단어는 익숙한 단어가 되었다.

준공영제는 민영제와 공영제의 중간 형태로, 승객들이 내는 요금 등 운송수입금은 자치단체에서 관리하고, 버스회사의 운영은 기존의 운수업체에서 하는 구조이다.

얼핏 들으면 버스회사 운영의 안정성이 확보되었으니 버스회사를 운영하는 입장에서 참 좋은 제도라는 생각을 할 수도 있는데, 따져보면 정반대의 모습도 그려볼 수 있다.

과거 버스회사를 운영한다는 것은 대박 사업 아이템을 가지고 있는 것을 의미했다.

1980년대에서 1990년대만 하더라도 버스 이외의 교통수단이 딱히 없었던 때라 버스 사업은 되는 사업이었다. 그래서 버스회사를 운영하는 분들은 대부분 지역의 유지인 경우가 많다. 버스회사 대표들 중 지역을 대표하는 정치인이 된 분들도 많다.

각종 산업이 발전하면서 버스를 대체할 수 있는 교통수단이 많이 생겨났다. 자가용, 지하철, 택시, 자전거 등이다. 특히 1990년대 이후 소득이 많이 증가하며, 마이카 붐이 일었고 대도시에는 지하철이 건설되면서 버스 업계는 일대 위기를 맞게 된다.

버스회사가 가지고 있는 노선 중에는 흑자가 나는 노선(일명 황금노선)도 있지만, 적자가 나는 노선도 있고, 수익성은 없지만 정책적으로 운영해야만 하는 정책노선이 있다. 적자노선이 많아지면 버스회사의 운영도 따라서 어려워지게 된다.

시장논리를 적용하자면 적자노선은 감축하거나 폐지하면 된다. 하지만 적자가 남에도 운영을 할 수밖에 없는, 정책노선도 운영하는 입장에서 적자가 난다고 함부로 노선을 감축하거나 폐지할 수는 없는 노릇이다.

그렇다고 한없이 버스회사가 손실을 떠안고 갈 수가 없어 지자체로부터 재정 지원을 받게 된다. 일부 노선에만 재정이 지원될 때는 큰 문제가 안 되겠지만, 재정지원이 되는 노선이 많아지면 이야기가 달라진다.

재정을 투입해 지원해야 할 노선이 많아지게 되면서 지자체에서는 어디까지, 언제까지 지원해야 하는지 고민하게 되는데, 이러한 고민 가운데 시작된 것이 시내버스 준공영제이다.

사업을 하는 입장에서 사업 자체로 경쟁력 있고, 돈을 많이 버는 모양이 가장 좋을 것이다. 사업이 잘되지 않아 회사의 문을 닫는 것보다는 낫겠지만, 정부의 지원을 받아야 운영이 가능한 구조는 바라는 모양새는 아닐 것이다.

2004년도 7월 서울시를 시작으로 대전(2005년 7월), 대구(2006년 2월), 광주(2006년 12월), 부산(2007년 5월), 인천(2009년 8월)시가 준공영제를 실시하였다.

준공영제가 실시되면서 재정은 지자체가 담당하고, 운영은 운수회사가 담당하는 이원화 체제가 되었는데 준공영제는 버스회사의 많은 모습을 바꿔 놓았다.

가장 크게 달라진 것 중의 하나가 우선순위의 변화가 아닐까 싶다.

과거 버스회사 운영에 있어 가장 중요한 것 중의 하나는 '얼마나 많은 승객을 태우느냐'였다. 승객이 낸 요금으로 회사가 운영되므로, 한 명의 승객이라도 더 태우기 위해 타 버스회사와 경쟁을 하며 버스를 운행했다. 심지어는 버스 승무원들이 무전기를 이용해 앞뒤 차 간 운행 상황을 공유했고, 앞 차량이 타 버스회사의 차량을 붙잡고 있으면, 뒤에서 운행하던 버스가 앞으로 가 정류장에서 기다리는 승객을 먼저 태우고 가는 등의 운행을 하는 경우도 있었다.

하지만 준공영제가 되면서 한 사람의 승객을 더 태우거나 덜 태우는 것이, 회사의 운영에 별다른 영향을 미치지 않게 되었다.

버스회사의 운영비가 승객의 요금에 의해 결정되는 것이 아니라, 버스당 운행 거리 등에 따라 적용되는 운송원가에 의해 지급되기 때문이다.

지자체에서 지급하는 운송원가는 기본적으로는 똑같다. 하지만 차등이 없이 똑같은 금액을 지불하게 되면 경쟁이 사라지게 된다. 열심히 해서 얻게 되는 이득이 없어지는 것이다. 버스회사 입장에서 승객을 더 태우기 위해 경쟁적으로 운행을 해야 할 이유가 없어진 것이다. 한 명을 더 태우는 것보다 한 건의 사고나 민원을 받지 않는 것이 유리하기 때문이다.

경쟁적으로 운행을 하지 않다 보니 무리한 난폭운전 등이 사라지는 긍정적인 측면도 있지만, 친절해져서 얻게 되는 이득도 사라지기 때문에, 서비스 품질 저하로 이어지는 것도 예상할 수 있다. 이러한 폐단을 방지하기 위해서, 각 지자체는 평가 기준을 도입해 운송원가의 일부를 인센티브 형식으로 차등 지급하는 방식이 생겨났다.

평가 기준에는 여러 가지가 있지만 사고율, 친절도, 배차 정시성 등 과거와 같이 한 명이라도 더 태우기 위해 무리한 운행을 하는 경우보다는 안전하고 친절하게 운행을 하는 경우가 유리해진다.

사업을 하는 입장에서 지자체에서 적자가 나지 않도록 지원을 해 주는 일은 리스크가 적다는 점에서 큰 메리트가 될 수 있다. 하지만 재미는 없다. 사업을 잘해도 돈을 벌기 어려운 구조가 될 수밖에 없다. 운송원가를 책정할 때 사업주가 큰돈을 벌 수 없도록 빠듯하게 운송원가를 계산하기 때문이다.

준공영제가 시작된 이상 다시 예전과 같이 민영제로 돌아가는 것이 어려울 수 있다.
그런데 여타의 교통수단과 달리 왜 시내버스에 준공영제를 도입해, 산업 자체를 보호하는 것일까? 이는 시내버스가 가진 성격이 대중교통의 성격을 띠기 때문이다.

2003년도 화물연대에서 연대파업을 하며 내 걸었던 구호가 '물류를 멈춰 세상을 바꾸자' 였다. 물류가 멈추면 세상에는 큰 변화가 온다. 맞는 말이다. 그런데 물류에만 해당되는 것일까? 아니다. 버스가 멈춰도 세상은 멈춘다. 그것이 시내버스를 대중교통으로 분류해 정부와 지자체에서 보호하는 진정한 의미일지 모른다.

버스가 운행을 멈추면 안 되기에 버스도 최신형으로 바꿔주고, 임금도 올려줄 수 있는 것이다.
준공영제로 인해 승객들도 혜택을 보지만, 버스회사를 운영하는 사업자들도, 버스회사에 종사하는 승무원을 비롯한 직원들

도, 혜택을 본다고 생각을 하고 사명감을 가지고 자신의 업무를
해야겠다.

02 : 남해로 달려 가다

운수업체를 대상으로 교육을 하며 관련 자료를 찾으려고 하니 생각만큼 많은 자료가 검색되지 않았다. 시중에 출간된 도서도 딱히 없었기에 답답하던 차에 '안녕하세요? MK 택시 유봉식입니다'(이하 유봉식입니다)라는 책이 출간된다는 이야기를 듣고 무척이나 반가웠다.

당시 도서를 이용해 교육하는 우편 원격훈련(일명 독서통신교육)을 하고 있었기 때문에 얼른 '유봉식입니다' 책자를 교재로 과정인가를 받아 교육을 실시하였다.

과정 개발을 위해 책을 읽다 보니 감동이 밀려왔다.

모국에서 사업하는 것도 어려울텐데, 일본에서 한국인으로서 사업을 시작해 일본 제일을 넘어 세계 제일의 택시 회사를 만들었다는 것이 자랑스러웠다.

우리나라에서 대학교를 졸업한 학생들이 삼성전자를 가장 입사하고 싶은 회사로 꼽는 것처럼, 일본에서는 MK 택시를 가장 입사하고 싶은 회사로 꼽는다는 대목에서는 내 회사가 아님에도 같은 한국인으로서의 자부심이 생기기도 했다.

MK 택시가 처음부터 잘 나갔던 것은 아니었다.

초창기 10대의 택시로 '미나미 택시'를 만들어 운영할 때는, 기사들의 불성실한 근무태도로 차량이 제대로 운영이 되지 않을 정도로 어려움을 많이 겪었다. 처음에는 기사들의 불성실함이라고만 생각을 했다. 기사들의 집을 방문해 보고, 주거환경이 열악해 잠을 편히 자지 못하는 것 때문에 휴식을 제대로 취할 수 없었고, 이로 인해 근로 의욕이 떨어지게 된다는 사실을 알게 되었다. 유봉식 회장은 은행에서 대출받아 기사들에게 편히 쉴 수 있는 주거환경을 개선해 주는 것을 시작으로, 임금을 개선해 주고, 인사를 잘하는 기사로 탈바꿈할 수 있도록 본인이 솔선수범하여 10년간 아침 일찍 출근해 일을 마치고 들어오는 기사들에게 커피를 타 주며 인사를 하는 모본을 보이기도 했다.

가쓰라 택시를 인수하며 미나미 택시의 영어 첫 글자인 M과 가쓰라 택시의 첫 글자 K를 따 MK 택시로 상호를 변경하고, 기사들과 수입을 나누고, 영어로 안내하는 택시, 관광택시, 장애인 우선 택시, 응급구조 택시 등 업계에서 상상하기 어려운 서비스를 제공하였다.

기사들이 자부심을 느낄 수 있도록 하기 위해, 당시 일본 최고의 디자이너였던 모리 하나에(森英惠)에게 MK 택시 기사들의 유니폼을 디자인해 달라고 부탁했다가 보기 좋게 거절을 당했다. 모리는 자신에게 택시 기사의 유니폼을 디자인해 달라는 요청에 모욕감을 느꼈다고 한다. 하지만 5년이나 끈질기게 부탁을 해 모리 하나에를 설득한 일화는 유명하다.

'지난 20년 동안 최선을 다해 기사들의 사회적 지위를 확보하기 위해 노력했다. 우리 기사들이 당신의 유니폼을 입으면 더 큰 자부심과 책임감을 느끼고 열심히 일할 것이다, 체면 때문에라도 정신력이 해이해지지 않을 것이다. 도와 달라. 당신도 공항에 갈 때 택시를 타지 않는가? 비행기의 조종사가 소중하듯 택시기사도 마찬가지로 소중하다. 그들도 존경을 받아야 한다. 그들을 존경받는 사람으로 만들고 싶다. 이제까지 교육을 해 왔지만, 지금 필요한 것은 당신이 만든 옷이다. 당신의 이름이다. 우리 기사들이 당신이 만든 옷을 입고 거리를 누비게 해 달라.'

MK 택시의 성공 신화가 매스컴을 통해 보도되며 많은 한국기업에서 MK 택시를 배우기 위해 견학을 하는 프로그램도 생겨났다.

당시 사업을 시작했던 초창기라 일본까지 가 MK 택시를 견학하기도 어려웠다. 우연한 기회에 유봉식 회장의 동생인 유태식 부회장이 한국에 와서 강연한다는 것을 알게 되었다.

책의 뒷부분에 '모임 MK 정신'이 소개되어 있어 뭔가 배울 것이 있을까 해서 전화를 했더니, 유태식 부회장께서 경남 남해에서 강연하니 궁금하면 참석을 하라고 알려 주었다.

강연일이 되어 부산으로 가 송인석 교수의 차를 타고 남해까지 가는데 7시간 정도 걸렸던 것 같다. 남해까지 이동하는 데에만 7시간이었지, 대기시간과 다시 돌아오는 시간을 합하면 1시간 30분 강연을 듣기 위해, 이틀 정도의 시간을 할애한 것이다. 당시 사용했던 시간이나 비용이 적지는 않았지만, 하나도 아깝다는 생각이 들지 않았다.

이유는 열정이 있었기 때문이었다.

운수회사에 교육 서비스를 제공하는 회사를 설립하고, 뭔가 차별화된 콘텐츠를 제공하고 싶다는 열정이, 남해까지 달려가게 했고, 강연하는 시간 동안 재미있게 들을 수 있었다.

강연이 끝난 후, 유태식 부회장과 한마디라도 이야기를 나누고 싶어, 강사를 찾아가 MK 택시가 했던 것과 같은 차별화된 서비스를 할 수 있도록 교육하는 회사를 만들고 싶다고 했더니 '그 열정으로 일한다면 충분히 가능할 것'이라고 말씀해 주신 것이 기억에 생생하다.

지금도 버스회사에서 강의할 때마다 그때의 열정을 잃어버리지 않으려 노력을 하고 있다.

매너리즘에 빠지려 하거나 힘든 일이 있을 때, 남해로 달려가던 일을 떠올리면 힘이 생긴다. 용기가 생긴다. 새롭게 시작해도 뭔가를 이뤄낼 것 같은 느낌이 든다.

남해에 한번 다녀와야겠다.

03 : 듣고 싶은 것만 듣는다

서울의 시흥동에 위치한 범일운수에 강의를 하기 위해 갔는데, 담당자인 윤진구 부장에게서 황당한 이야기를 듣게 되었다.

"강사님 혹시 강의하시면서 하루에 인사는 한 번만 하라고 알려 주셨어요?"

"그럴 리가요? 제가 강의하면서 그런 말을 했겠습니까? 그런데 그건 왜 물어보시죠?"

"우리 기사 한 분이 인사를 잘 안 해서 왜 인사를 안 하느냐고 물어보니, 김병욱 강사가 하루에 한 번만 인사하면 된다고 가르쳐주었다며, 강사가 하라는 대로 했는데 뭐가 문제냐?"는 이야기를 했다는 것이다.

그 이야기를 들으니 짚이는 것이 있었다.

서비스의 기본이라 할 수 있는 '인사'

승무원들에게 인사를 하라고 하면 인사를 하기 어려운 이유를 여러 가지 대며 인사하는 것에 대한 어려움을 호소하곤 한다.

승무원들이 말하는 인사하기 어려운 이유는

첫째 정류장에 차가 정차하면 신경 쓸 것이 많다는 것이다. 뒷문으로 하차하는 승객도 살펴야 하고, 승객이 다 내린 것 같으면 확인하고 문도 닫아 주어야 한다. 앞문으로 타는 승객들 요금을 제대로 내는지 확인도 해야 하며, 승차한 승객들이 들어가고 있는지 자리를 잡았는지 등도 확인하고 출발을 해야 넘어지는 승객이 없다. 출발하기 전에는 좌측 차로의 차량 소통상황을 보고 출발을 해야 하고, 승차하거나 하차하며 승무원에게 뭔가를 묻는 승객들에게 답변도 해야 하므로 인사를 하기 어렵다는 것이다.

둘째로는 인사를 해도 받아주는 승객이 거의 없다는 것이다. 손뼉도 마주쳐야 소리가 나는 법인데 승무원들이 마음을 다잡고 인사해도 받아주는 승객이 없으니 인사를 할 맛이 안 난다는 것이다. 요즘엔 더 심해졌는데 이유는, 이어폰을 끼고 승차하는 승객들이 많아진 것 때문이란다. 과거에는 젊은이들만 이어폰을 끼고 탔는데 요즘엔 나이 드신 분들도 이어폰을 끼고 타는 분들이 많아졌다고 한다.

셋째는 하루에 수백 명씩 승객을 태우며 일일이 인사하는 것이 힘들다는 것이다.

들어보니 공감이 갔다. 그럼 어떻게 해야 승무원들이 마음에서 우러나오고 쉽게 인사를 할 수 있도록 할 수 있을까 고민을 하며 만들어 낸 문장이 '한 정거장에 한 번이라도 제대로 인사하자' 였다.

먼저 인사에 대한 부담을 덜어 주자는 생각에 '한 정거장에 한 번'을 강조한 것이다. 정거장에서 승객이 5명이 타든 10명이 타든 한 번은 인사를 하자는 취지였다.
어떻게 보면 버스에 타는 승객들 모두에게 건성으로 인사를 하는 것보다 한 번이라도 제대로 인사를 하는 것이 더 효과적일 수 있다.
버스라는 공간은 생각보다 넓지 않다. 비록 한 정거장에 한 번 씩 인사를 하더라도 버스 안에 있는 승객들은 정거장마다 승무원이 인사를 하는 소리를 듣게 된다.

올라타는 승객 모두에게 인사를 하며 모두가 알아듣게 인사를 하기란 쉽지 않다. 힘이 들기 때문이다. 하지만 한 번씩만 하는 것은 가능하다.

두 번째로 신경 썼던 부분은 제대로 하는 것이다. 어떻게 하는 인사가 제대로 하는 인사인가? 나는 2가지만 강조했다. 첫째는 '바라보고' 였고 두 번째는 '알아듣게' 였다.

바라보며 인사하라고 하는 이유는 바라보는 인사가 인사의 기본이기 때문이다. 상대를 바라보지 않고 하는 인사는 인사를 받는 상대가 알아차리기 어렵다. 소리를 듣게 되더라도 자신에게 한 것인지 타인에게 한 것인지 알 수가 없다. 자신에게 하는 인사라는 것을 알아차린다고 해도 쳐다보지도 않고 하는 인사를 받는 것은, 유쾌한 경험이라기보다는 불쾌한 경험일 확률이 높다.
그래서 올라오는 승객을 바라보며 인사를 하라고 했던 것이다.

사실 승객을 바라보고 인사하게 되면 얻는 이점이 하나 더 있다. 시내버스에서 가장 많이 발생하는 사고가 차내안전사고이다. 차내안전사고는 충돌이나 추돌 등 접촉이 발생하지 않았음에도 급제동, 급출발 등으로 인해 발생하는 사고인데 유독 차내안전 사고에 취약한 계층이 있다.

노약자, 장애인, 술 취한 사람, 양손에 짐을 든 사람, 하이힐 신은 여성, 어린이 등 운동신경이 상대적으로 떨어지거나 충격에 약한 사람들인데, 내가 운행하는 버스에 탄 승객 중 이런 부류의 사람들이 있는지를 알기 위해서는, 승객이 승차할 때 보는 방법밖에는 없다.

승객을 바라보며 인사를 함으로써 친절해지기도 하지만, 안전해지는 일거양득의 효과를 얻게 되는 것이다.

알아듣게 하는 인사는 인사를 받는 승객이 자신에게 한 인사를 알게 하라는 것이다. 승무원이 인사하는 것을 모니터링 해 본 적이 있는데, 많은 승무원이 인사하라고 하니까 마지못해 하기는 하는데, 승객 입장에서 인사를 했는지 확인도 어려운 정도의 크기로 입에서만 웅얼대는 인사를 하는 것이었다. 버스에 올라타 방금 탑승한 승객에게 승무원이 인사를 하더냐고 물어보니 인사를 안 했다고 했다. 분명히 승무원은 인사를 했는데, 승객이 인지하지 못했다면, 그 인사는 한 것인가 안 한 것인가?

이런 취지로 '한 정거장에 한 번이라도 제대로 인사하자'고 알려주었는데 엉뚱하게도 '강사가 하루에 한 번만 인사를 하라고 했다'는 말로 둔갑을 한 것이다.

둘러대느라 그렇게 이야기를 했는지, 아니면 실제로 그렇게 들었는지 알 수는 없으나, 사람은 자기가 듣고 싶은 이야기만 듣는다는 말이 생각났다.

역지사지하여 승객들이 자신들이 듣고 싶은 말만 듣거나, 자신들이 하고 싶은 말만 한다면 황당하고 속이 상할 것이다. 이는 어떤 경우에도 해당한다고 할 수 있다.

자신의 말만 하기보다는 타인은 어떤 말을 하고 싶은지 관심을 가져보면 좋겠다.

자신이 듣고 싶은 것만 듣는 것이 아니라, 타인이 하는 이야기를 있는 그대로 받아들이려는 마음이 필요하리라.

나도 내가 듣고 싶은 이야기만 듣고 있지는 않은지 점검해 봐야겠다.

04 : 여름 버스

2016년 초 부산광역시버스운송사업조합의 전무께서 승무원들이 직업적 자부심을 가지고 운행할 수 있도록, 승무원 교육용 동영상을 제작할 수 있는지 문의를 받았다. 평소 생각하고 있던 것이 있어 1초도 망설이지 않고 할 수 있다고 답변했다.

어떤 내용으로 제작할 수 있는지 물어 와 생각하고 있던 것을 답했는데, 마음에 들었는지 버스 승무원 교육 동영상 제작을 의뢰해 바다TV와 함께 작업해 납품하였다.

제작된 동영상에 대해 조합원사와 조합에서 반응이 좋았고, 2017년도에 츄가 영상 제작을 요청했다. 2017년도에는 승무원 교육뿐 아니라 일반인들도 볼 수 있도록 단편영화 형식으로 제작하기로 했다.

두 번째 영상은 좀 더 퀄리티 있게 제작해야겠다고 생각하여, 평소 알고 지내던 픽스이노베이션랩의 박준원 대표를 찾아가 상의를 했고, 박카스 광고와 현대자동차 광고 등을 촬영했던 조범식 감독이 총괄 책임을 맡아 시나리오 작업에 들어갔다.

탄탄한 시나리오에 연기력이 있는 배우들과 꼼꼼한 연출력이 어우러졌고, 동물원이 부른 '혜화동'을 BGM으로 사용해 영상을 더욱 아름답게 마무리하게 되었다.

픽스의 조범식 감독은 유튜브에 '여름버스'라는 이름으로 단편영화 부문에 영상을 올리며 50만 명이 시청하는 것을 목표로 홍보하겠다고 했고, 그 이야기를 들었을 때 그렇게만 되면 좋겠다는 생각을 막연하게 했다.

매달 부산시 시내버스 신입 승무원 양성과정에서 하루 과정을 강의하던 나로서는, 이 영상을 홍보하는 데 도움을 줄 수 있는 방법으로, 매달 과정에 들어오는 30여 명의 신입 승무원에게 유튜브를 켜게 해서 영상을 보게 하고, 하루의 과정을 마치기 전에 최소 지인들 10명 이상에게 영상을 공유하도록 했다. 그럼 한 달에 적어도 300명 이상에게 공유되는 효과가 있을 것이라 생각을 한 것이다. 물론 한 달에 300명씩 확산이 되어 50만 명이 되려면 1,666개월 즉, 139년 정도가 소요된다.

처음 영상이 유튜브에 올라간 것이 2017년 9월이었는데, 두 달이 채 되지 못한 11월 초 10만 건이 넘었고 11월 말에는 20만 건을 돌파하였다.

조범식 감독께서 이야기한 대로 조회 수 50만 명이 가능할 수도 있겠다는 생각이 들어, 주변 지인들에게 홍보하며, 하루하루 숫자가 올라가는 것을 보는 즐거움을 만끽하고 있었다.

매달 10만 건 이상씩 조회 수가 올라가더니 50만 명을 넘어 100만 명, 200만 명 거침없이 숫자가 올라갔다. 2019년 3월에 50만 명의 10배에 해당하는 500만 명이 시청하였고 영상을 올린 지 3년이 되는 2020년 9월 10일에는 1,000만 명이 시청하였다. 처음 영상을 올린 날짜가 2017년 9월 15일이었으니 만 3년 만에 놀라운 성과를 만들어 낸 것이다.

이 책이 나오기 직전인 9월 30일 1,223만이 '여름버스'를 시청하고 있다.

물론 국내 시청자 뿐 아니라 외국에서도 영상을 많이 보았고,

외국어로 된 댓글도 상당히 많다. 영상을 보고 댓글을 달아주시는 분들의 의견 중에서 몇 가지 공유를 해 보겠다.

'버스 탔는데 버스가 오래돼서 막 흔들리니까, 어떤 학생들이 쌍욕을 하면서, 아 운전 ××못하네. 이러니까 기사 아저씨가 흘끔흘끔 눈치를 보시는 거예요, 방지턱 있으면 엄청 천천히 지나가고.... 너무 마음 아팠어요, 감사하단 말씀이라도 드리고 싶었는데, 사람이 너무 많아서 움직일 수 없단 핑계로 그러질 못했네요, 기사님 감사합니다.' 세빈 님

'버스가 33번이라 놀랐어요. ㅋㅋㅋ 맨날 33 타고 학교 가는데 ㅎㅎ 제가 아는 풍경이라 뭔가 너무 행복하고 그러네요! 영화 너무 잘 봤어요???' 몰라 님

'1605 부산에 사는데 부산을 배경으로 한, 단편 영화를 보니까 기분이 좋아지고, 마지막에 아이를 위해 창문에 바다를 그려준 버스 기사분이 멋졌습니다.' 김성현 님

'이런 영화 너무 좋아요. 우왕 눈물날것 같아...' 아지해커 님

'버스 기사님이 정말 너무 착하시다. 감동받았어요...
The driver is so kind. I'm touched...' 요즘 긴가민가한
앱둥이 님

'1611 버스 안에서의 이야기가 참 따뜻하고 좋았던 것
같다. 그리고 나도 이제부터 자리를 잘 양보해서 연애를
하고 싶다.' 비둘기 님

'좋은 영화 잘 보았습니다. 추운 겨울 마음이 참 따뜻해
집니다.' 꼰대아빠 님

'1608 꼬마를 위해서 버스에 그림을 그려준 장면이 인
상 깊었고 사람들을 위해 새벽까지 버스를 운전하시는
버스 기사분들에게 고마운 마음이 든다.+' 박소민 님

'마지막 장면 보면서 눈물이 다 났네요...^^ 좋은 영화
감사합니다.' 미너바 님

9,100개가 넘는 댓글을 모두 소개할 수는 없지만, 대체적인 시
청자들의 의견은 마음이 따뜻해지는 영화라는 것이었고, 새벽

부터 밤늦게까지 고생하시는 기사님들의 노고를 알게 되었다거나, 이런 버스가 기다려진다는 평이었다.

버스 승무원이 자부심을 가지기 위해서는 본인들 스스로가 직업적 자부심을 가지는 것이 무엇보다 중요하다. 하지만 그것만으로는 자부심이 완성되기 어렵다. 주변에서 도와주어야 한다. 무엇보다 버스를 이용하는 승객들의 지지와 격려가 필요하다.

그래서 승무원 교육용 영상을 내부 교육용으로도 사용하지만, 우리 버스를 이용하는 승객들이 함께 보고, 버스 승무원들의 노고에 대해 공감하도록 하겠다는 생각을 하게 된 것이다.

2편의 영상을 제작했지만, 처음 영상 제작이 가능한지를 물었을 때 구상했던 영상은 만들지 못했다. 이유는 첫 번째 영상은, 매뉴얼 형태로 만들자는 요청을 받아 교육용에 초점을 맞춰 시나리오를 작성하다 보니, 구상했던 바와는 다를 수밖에 없었다. 두 번째 영상의 사나리오 작업을 할 때는 내가 구상하던 부분을 반영시키려 하였지만, 픽스의 조범식 감독이 그 방법보다는 따뜻하게 가는 게 좋겠다며 설득하는데, 듣고 보니 그 의견이 좋겠다는 생각이 들어 수용했다.

부산광역시버스운송사업조합의 담당자였던 김성준 과장(현 운영

팀장)과는 성격이나 스타일이 많이 다른데 오히려 서로가 다른 성향을 가지고 있다 보니, 상호보완이 되어 완성도를 높이는 계기가 된 것 같다.
그런 걸 보면 다름은 나쁜 것이 아닌 것 같다.

우리는 서로 다르다. 생김새도 다르고 입장도 다르다.
다름을 인정하고 서로를 배려하면 하모니가 만들어진다. 하지만 자신만 앞세우면 불협화음이 된다.

모두가 행복해지는 여름버스를 기대한다.
다음엔 쿨~한 주제로 겨울버스를 한 번 만들어 볼까~~~

(유튜브 여름 버스 영상 링크)

05 : 고스톱에서 배우는 안전운전
친절 운전 비법 ①

고스톱을 주제로 강의를 해 보면 재미있겠다고 생각하게 되어 '고스톱 X파일' 이라는 책도 사보고, 인터넷에서 고스톱과 관련된 자료 검색을 해 보았더니, '고스톱에서 배우는 인생의 지혜', '고스톱 손자병법', '고스톱 잘 치는 21계명' 등 참고할만한 자료가 여러 개 눈에 띄었다.

몇 가지 자료를 취합하여 강의안을 만들며, 시내버스 승무원들이 안전운전을 하고, 친절 운전하는데 도움이 되는 내용으로 각색하여 강의하게 되었는데 반응이 가히 폭발적이었다.
버스회사와 승무원의 입장을 반영하여 강의하다 보니 집중해서 듣는 분들은 많았지만, 내가 하는 강의를 메모하며 듣는 승무원은 없었다. 고스톱을 주제로 강의를 할 때, 처음으로 강의를 메모하는 승무원을 만나게 되었다.

뭘 그렇게 열심히 메모하는지 물었더니 승무원이 이렇게 답변을 했다.

'가족들끼리 모이면 고스톱을 자주 치는데 항상 잃기만 합니다. 강사님 강의 시작할 때 이렇게 하면 고스톱에서 돈을 잃지 않는다는 말을 듣고 메모를 하는 겁니다. 다음 달에 추석이라 다들 모일 때 한 번 배운 대로 해보려고요.'

두 달 뒤 교육장에서 다시 만난 승무원에게 지난번 배운 스킬을 사용해 봤는지 물어봤다.

결론은 잃지 않고 땄단다.

인터넷에서 찾은 '고스톱에서 배우는 인생의 지혜'를 버스 버전으로 만들어 본 것이다.

안전운행과 친절서비스를 위한

고스톱에서 배우는
안전/친절운전 비법

CnG 교육코칭센터
기업교육 / 현실화 / 코칭

1. 주변을 살펴라

- 내 패만 보며 치다 보면 옆에서 나는 것도 모를 수 있다.
  상대의 치는 패턴을 읽어라.
  앞만 보고 가다 보면 주변의 위험성을 간과할 수 있다.
- 고스톱은 오로지 1등 뿐이다. 2등은 열만 받을 뿐이다.
  안전/친절은 99점이 없다. 100점 또는 0점만 있을 뿐.
- 내가 먼저 나는 것도 중요하지만 남을 먼저 견제해야
  할 때도 있다.
  위험예측뿐 아니라 방어운전에도 신경을 써야 한다.
  나만 잘하는 것이 아니라 남보다 잘해야 할 때도 있다.

1. 주변을 살펴라

고스톱을 잘 치는 사람과 못 치는 사람들의 공통점과 차이점이 있는데, 자기 패만 보는 것과 남의 패도 보는 것의 차이다. 자기 패는 잘 치는 사람이나 못 치는 사람 모두가 잘 본다. 문제는 타인이 무엇을 가지고 있는지, 무엇을 먹었는지를 얼마나 잘 보느냐에 따라 승패가 갈리게 된다.

버스운전도 이와 같다. 자기가 가는 길만 보는 것은 초보운전자나 프로운전자 누구나 할 수 있는 일이다. 하지만 주변을 살피는 것은 초보운전자보다는 프로운전자들이 잘한다. 그래서 프로운전자들이 사고가 적다.

고스톱에서 2등 했다고 주어지는 보상은 없다. 1등이 모든 것을 가져가는 승자독식 게임이다.

수학에서 100-1은 99지만 운전에서 100-1은 0이 된다.

예를 들어 99개 정류장을 사고 없이 잘 지나왔다. 마지막 정류장에서 사고가 났으면 99점인가? 아니면 0점인가?

100명의 승객 중 99명에게 친절하게 인사를 잘했다. 마지막에 열받게 만드는 승객이 있어 멱살을 잡았다. 99점인가 0점인가?

교통안전과 친절서비스에서 99점은 없다. 100점 아니면 0점이 되니 항상 조심해야 한다.

기본적으로 고스톱은 자신이 3점 이상을 만들어, 이기기 위해 게임을 하지만, 때에 따라서는 자신이 나는 것보다 남이 이기는 것을 견제해야 한다.

운전도 이와 비슷한 측면이 있어 자신이 안전하게 운행하는 것을 목적으로 하지만, 때로는 남의 행동을 살펴 위험을 예측해야 하고, 때로는 상대의 위험행동에도 불구하고 사고를 예방할 수 있는 방어운전을 해야 한다.

2. 작은 점수에 미련 갖지 마라

운칠기삼이란 말이 있듯, 고스톱을 할 때 패가 잘 들어오거나, 뒤가 잘 붙으면 실력이 모자라는 사람도 날 수 있다. 하지만 잊지 마라. 게임이 끝나고 정산을 해 보면, 실력 있는 사람이 결국 돈을 따게 되어있다.

운전에도 운이 따른다. 신호를 위반했는데 사고가 항상 나는 것은 아니다. 왜냐하면 내가 신호를 위반했을 때, 그것을 보고 자기 신호임에도 교차로에 들어오지 않는 차량이 있기 때문이다. 하지만 기억하라. 운전의 운은 항상 나를 따라오지 않으니 항상 조심하는 것이 좋다.

셋이 게임을 하면 세 판 중 한 판 즉, 33.3%의 승률이 내게도 주어진다.

도로에는 3종류의 사람이 있다.

첫째는 '나보다 나은 사람이다.' 내가 신호를 위반했을 때 나를 참고 기다려 주는 사람이다.

이런 사람들 덕분에 사고를 예방한다.

둘째는 '나하고 똑같은 사람이다.' 이런 사람을 만나면 위험해진다.

마지막 세 번째는 '나보다 더 한 사람이다.' 이런 사람을 도로에서 자주 만나면 생사를 보장받기 어려워진다.

운전을 하며 항상 '나보다 나은 사람'을 만난다는 보장이 없으니, 스스로 조심해야 한다는 뜻이기도 하고, 내가 남보다 나은 사람이 되어야 사고를 예방할 수 있게 된다는 뜻이다.

똑같은 비율로 승리를 하더라도 게임이 끝난 후 정산을 해 보면 승자와 패자가 갈린다. 이유는 이긴 게임을 어떻게 가져갔느냐 하는 것이다. 초보자들은 3점이 되면 쉽게 고를 하지 못하고, 스톱을 외치거나 판세를 잘 못 읽어, 고를 하고 독박을 쓰게 된다. 고스톱을 잘 치는 사람들의 특징은 잃을 때는 적게 내주고, 딸 때 많이 얻는 경향이 있다. 판세 분석을 잘하는 것이다.

운전할 때도 판세 분석을 잘해야 한다. 정말 취해야 하는 중요한 것과 양보해도 되는 사소한 것을 구분할 줄 알아야 한다. 길을 가며 차량 한 대 앞에 가고 뒤에 가는 것은, 그다지 중요한 문제가 아니다. 이 사소함에 집착하게 되면 사고가 날 수도 있고, 난폭한 운행을 했다고 민원을 받을 수도 있다. 정말로 중요한 안전하게 운행을 마치는 것과 같은 일에는 양보가 없어야 하지만 덜 중요한 것은 내어 주어도 괜찮다.

3. 열 받으면 무조건 진다

고스톱을 비롯한 게임에서 열 받으면 지게 되어 있다. 나는 고스톱 치면서 열고를 외치면서 게임을 이기는 사람을 본 일이 없다.

조급하게 운전을 하는 경우도 마찬가지다. 앞, 뒤에서 운행하는 동료 승무원들과 트러블을 빚고, 승객들 때문에 열 받아서 운전

못 해 먹겠다는 말을 하는 사람들이 어떻게 안전하게 운행을 하고 친절하게 운행할 수 있겠는가?

물론 게임을 하며 상대를 방심시키기 위해 열 받은 척은 할 수 있다. 하지만 진짜로 열 받으면 안 된다. 왜냐하면, 열 받으면 판단력이 흐려져 바른 선택을 할 수 없기 때문이다.

버스 승무원이 열 받아 주변의 차량이나 승객들과 신경전을 벌이면, 본인에게 돌아오는 것은 피해 밖에는 없다. 내기가 아니어도 열 받으면 바른 판단을 할 수 없어 안전하거나 친절하게 운행하기 어렵다.

내기에서는 실력도 중요하지만, 신경전이 중요하다. 프로스포츠에서 응원이 경기력에 미치는 영향이 큰 것과 같다.

하지만 운전에서는 신경전보다 실력이 중요하다. 아니 신경전을 벌이는 것은 패배하는 선택을 하는 것과도 같다. 신경전 벌일 시간에 어떻게 안전하게 운전할 것인지, 어떻게 친절하게 운행할 것인지를 신경 쓰는 것이 맞다.

안전운행과 친절서비스를 위한 **고스톱에서 배우는** **안전/친절운전 비법**	**1. 주변을 살펴라**	**2. 작은 점수에 미련 갖지 마라.**	**3. 열 받으면 무조건 진다**
	• 내 패만 보며 치다 보면 옆에서 나는 것도 모를 수 있다. 상대의 치는 패판을 읽어라. 일만 보고 가다 보면 주변의 위험상황 건과할 수 있다. • 고스톱은 오로지 1등 뿐이다. 2등은 꼴찌 벌을 뿐이다. 안전/친절을 89점이 된다. 100점 또는 0점만 있을 뿐. • 내가 멈치 사는 것도 중요하지만 남을 먼저 견제해야 할 때도 있다. 위험해진주 아니지 방어운전에도 신경을 써야 한다. 나만 잘하는 것이 아니라 남보다 잘해야 할 때도 있다.	• 고스톱은 '공칠기삼(실七三)'이란 말도 있듯이 항상 일도는 않는다. 운전에도 운이 있다. 하지만 항상 운이 좋기만은 않다 내가 항상 조심하라. • 것이서 치기 때문에 꼴찌확으로 33.3%의 확율이 나게치도 있다. 도로 위의 일어나는 있는 늘 잘수 만나나 항상도 있다. • 새판 가문대 한 판을 어떻게 먹느냐가 중요하다. 3점 정도도 된다. 점을 쫓다가 판을 놓치다. 시스템 기술 장수차라.	• 고스톱판에서 열 받으면 무조건 진다. 이건 내가에서 무조건 통용되는 진리다. 흥분한 마음으로 치는 운전은 사고를 부르게 된다. • 열 받면 작은 패도 쉽말 일 받지 말라. 열 받으면 판단력이 흐려진다. 주변의 차량(손)을 너 신경을 썰끼지 말라. • 그래서 내가에선 실책보다 신경진이 중요하다는 이야기가 나온다. 신경진 빛말 시간에 안전/친절운전에 신경을 쓰자.
4. 쇼당을 막아라.	**5. 상대의 초구를 기억하라.**	**6. 패의 경로를 복기하라..**	**7. 살기 위한 변신은 무죄**
• 큰 점수 내려고 판체 버리고 있는게 쇼당을 부르면 길이 생다. 고스톱 통운반 실리목고 과하여노 단독(손님단복)도 될수 있다. • 고스톱 칠 때는 쇼당에 대한 방어책을 항상 구상해야 한다. 운전 할 점체에 타고 대비책을 가지고 있어야 한다. • 내 뒤 차들다고 쇼당이 걸려 말 못하면 대박을 얻어 맞기도 한다. 필요한 때는 내 약을 버릴 줄도 알아야 한다. 장내에만 실려도 사고나 큰 대비 하잖다.	• 고스톱에서 본인이 선인지 알인지도 기억 못하는 사람이 있다. 자기들인지 대강고를 차량인지 구분 못하는 사람 있다. • 이 사람은 고스톱을 안치는 게 살책. 하지만 치었다면 상대가 치는 초구를 기억하라. 운전(조함)의 배치들 받지무러라. • 초구 2장에 판세이 읽게진다. 자음 판의 두번째에 무엇을 껏는지 기억하라. 초소를 잊지 마라. 기본을 지키면 안전을 지킬 수 있다.	• 상대의 제를 복기하라. 이아우어들은 무슨 약을 하는 지인 해야한다. 상항을 기억하면 이아우어는 사고 걸는 것만 기억한다. • 하지만 저서 먹은 것인지 처음에서 먹은 경인지를 기억 할 필요가 있다. 실책이 좋은 건지 잡자를 안 만나 컨지 기억하라. • 바둑도 복기는 몰나고 하지만 고스톱의 복기는 수시로 해야 한다. 운전의 복기도 수시로 해야 한다. 간 하면 죽기도 한다.	• 만 할 때는 별일이 다 생긴다. 판다 마련 하고, 어차피 나만 쇼당이 걸려보고, 나만 거우 3점에 스톱 지역에 광박 안 되는 때는 여겨가 있다. 사고도 만든다. • 스타일도 필요하면 바꿔라. 살기 위해서는 배워야 패우지 뼈놓기(이건의 마무) • 기라려는 스타일도 바꾸면 길도 안 된는 방식이도 바꿔라. 장소 끄스에너지 상격얼 대치는 지세까지 바꿀 간 다 바꿔

06 : 고스톱에서 배우는 안전운전
친절 운전 비법 ②

<table>
<tr><td>

4. 쇼당을 막아라.

- 큰 점수 내려고 잔뜩 벼르고 있는데 쇼당을 부르면 김이 샌다.
  교차로 통과만 생각하고 위반하다 단속(모니터링)에 걸릴 수 있다.

- 고스톱 칠 때는 쇼당에 대한 방어책을 항상 구상해야 한다.
  운행 중 단속에 대한 대비책을 가지고 있어야 한다.

- 내 약 하겠다고 버티다 쇼당에 걸려 잘 못하면 대박을 얻어 맞기도 한다. 필요한 때는 내 약을 버릴 줄도 알아야 한다.
  단속에 안 걸려도 사고나면 대박 터진다.

</td><td>

5. 상대의 초구를 기억하라.

- 고스톱판에서 본인이 선인지 말인지도 기억 못하는 사람이 있다.
  자가용인지 대중교통 차량인지 구분 못하는 사람 있다.

- 이 사람은 고스톱을 안치는 게 상책. 하지만 끼었다면 상대가 치는 초구를 기억해라.
  운전(친절)의 베테랑을 벤치마킹하라.

- 초구 2장에 전략이 담겨있다. 처음 판과 두번째에 무엇을 쳤는지 기억하라.
  초심을 잃지 마라. 기본을 지키면 안전을 지킬 수 있다.

</td></tr>
</table>

4. 쇼당을 막아라.

고스톱의 고급기술인 쇼당.

큰 점수 내려고 벼르는데 상대가 쇼당을 부르면 김이 샌다. 받자니 아깝고 안 받자니 불안한 것이 쇼당이다.

교차로에 다가가는데 신호가 바뀌면 갈등을 한다. 신호를 지키자니 급제동을 하게 되어 겨우 멈출 수 있거나, 교차로에 진입해서 서게 되는 상황이 발생하게 되고, 무시하고 지나치자니 신호를 위반하여 단속에 걸리거나, 사고가 발생할 수 있어, 이러지도 못하고 저러지도 못하는 상황이 되는 것이다.

그래서 '고스톱에서 쇼당에 대한 방어책을 구상하여야 한다.'고 하는데, 쇼당에 대한 방어책은 쉽지 않다. 쇼당에 대한 방어책을 구축하기 위해서는, 상대의 패를 예측할 수 있어야 하는데 이는 타짜 수준이 아니면 힘들다.
고스톱 판에서 쇼당에 대한 방어책을 구축하기는 쉽지 않지만, 운행 중 위반에 대한 대비책을 가지는 것은 어렵지 않다.

내 약하겠다고 버티다 쇼당에 걸리면 독박을 쓰게 된다. 필요한 때는 내 약을 버릴 줄도 알아야 한다. 이는 진정한 고수만이 할 수 있는 일이다. 흐름과 판세를 읽고 있어야 내 약을 버릴 수도 있고, 쥐고 게임을 할 수도 있다.
고스톱 판에서 잘못된 선택을 하면 돈을 잃고 끝나지만, 운행 상황에서는 잘못된 선택이 돈만 잃게 되는 것이 아니라 목숨을 잃게 만들 수도 있다. 잘못된 선택을 한 본인뿐만 아니라, 타인의 생명까지도 위험하게 할 수 있다는 점에서 특히 주의해야 한다.

※ 고스톱 용어 쇼당의 어원에 관하여

1. 포커에서 자기의 패를 모두 보여주는 것을 showdown이라고 하는데 여기서 유래되었다는 설이 있다.
2. 한자 상담(相談)의 일본어 발음이 소-단이 된다.
   단순히 손안에 든 패를 보여 주는 것이 아니라 상대방에게 자신의 패를 보여주며 협상을 한다는 의미에서는 2번 의견이 타당해 보인다.(김병욱 생각)

5. 상대의 초구를 읽어라

고스톱 판에서 본인이 선인지 말인지도 기억 못 하는 사람이 있다. 본인이 어떤 위치에 있는지도 모르고 고스톱을 치는 사람은 초보자라 할 수 있다.

버스 승무원 중에서 자가용을 운전하는지, 대중교통을 운전하는지 구분 못 하는 사람이 있다. 대중교통 운전자로서는 초보 수준이라 할 수 있다.

이 사람은 고스톱을 안 치는 것이 상책이다. 하지만 어쩔 수 없이 끼게 되었다면, 상대방이 처음 무엇을 먹었는지 기억하는 것이 현명하다. 왜냐하면 자신이 들고 있는 패 중에서 가장 중요한 것을 먹을 확률이 높기 때문이다.

버스운행을 시작한 초보운전자에게 중요한 것을 모두 챙기도록 요구하는 것은 어려운 일이다. 하지만 초보라면 빨리 극복할 방법이 있다. 다름 아닌 동료 중 베테랑을 보고 배우는 방법이다.

초구 2장에 전략이 담겨 있다. 처음과 두 번째에 어떤 것을 먹었는지 기억하면 최소한 돈을 잃지는 않는다.

처음 마음 즉 초심을 항상 생각해야 한다, 처음 승무원이 되었을 때의 마음가짐을 잊지 않을 수 있다면 안전도 지키고 친절도 지킬 수 있다.

---

6. 패의 경로를 복기하라..
• 상대의 패를 복기하라. 아마추어들은 무슨 약을 하는지만 따진다
상황을 기억하라. 아마추어는 사고 없는 것만 기억한다.
• 하지만 쳐서 먹은 것인지 뒤집어서 먹은 것인지를 기억할 필요가 있다.
실력이 좋은 건지 임자를 안 만난 건지 기억하라.
• 바둑의 복기는 끝나고 하지만 고스톱의 복기는 수시로 해야 한다.
운전의 복기도 수시로 해야 한다. 안 하면 죽기도 한다.

7. 살기 위한 변신은 무죄
• 안 될 때는 별일이 다 생긴다. 쳤다 하면 싸고, 어쩌다 나면 쇼당이 걸려오고, 나면 겨우 3점에 쓰면 피박에 광박
안 되는 데는 이유가 있다. 사고도 민원도...
• 스타일도 필요하면 바꿔라.
살기 위해서는 바꿔라 배우자 빼놓고(이건희 어록)
• 기리하는 스타일도 바꾸고 선을 잡으면 패를 돌리는 방식이라도 바꿔라.
앉는 자세부터 승객을 대하는 자세까지 바꿀 건 다 바꿔

---

6. 패의 경로를 복기하라.

상대의 패를 복기하라. 아마추어들은 무슨 약을 하는지만 따진다. 놀음판에서 아마추어와 프로의 차이는 결과만 보느냐 과정을 보느냐로 구분된다. 결과만 가지고 판을 읽으면 이는 아마추어라는 증거다.

운전에서도 마찬가지이다. 결과적으로는 사고가 없었던 똑같은 상황이라도, 아마추어는 결과만 가지고 사고 없었음을 생각하는 반면, 프로는 사고가 날 뻔했던 상황을 떠올리면서 다음에는 무엇을 조심할지 생각을 한다.

지금 플레이어의 앞자리에 가져다 놓은 것이 쳐서 먹은 것인지 뒤집어서 먹은 것인지를 아는 것은 매우 중요하다. 쳐서 먹은 것은 의도성이 있고 뒤집어서 먹은 것은 운이 작용한 것이라 봐야 한다.

같은 결과라도 실력이 좋은 것인지 운이 좋았던 것인지 구분할 필요가 있다. 교차로에서 신호를 위반하더라도 사고가 나지 않을 수 있다. 이유는 '나보다 나은 사람'들이 자기 신호임에도 불구하고 양보를 해 주기 때문이다. 하지만 '나와 똑같은 사람'을 만나게 되면 사고로 이어진다. '나보다 더한 사람'이라도 만나게 되면 생사 보장을 할 수 없다.

바둑의 복기는 끝나고 하지만, 고스톱의 복기는 수시로 해야 한다. 끝나고 복기하면 돈을 다 잃기 때문이다.

운전의 복기도 수시로 해야 한다. 앞에서도 언급했듯 돈 잃고 끝나는 것이 아니라 심하면 생명을 잃기도 하기 때문이다.

7. 살기 위한 변신은 무죄

안 될 때는 별일이 다 생긴다. 쳤다 하면 싸고, 어쩌다 날 것 같으면 쇼당이 걸려 오고, 나 봐야 겨우 3점인 경우가 많은데, 쓰게 되면 피박에 광박이 걸리기도 한다.

운전할 때도 안 될 때는 별의별 일이 다 생긴다. 사고도 민원도 줄줄이 달려오는 경우가 있다.

스타일도 필요하면 바꿔라. 고스톱 안 될 때 자신만의 스타일 고집하면 위험하다. 열고 하는 스타일치고 게임을 이기는 경우를 보기 어렵다.

살기 위해서는 바꿔야 한다. 자신만의 스타일이라는 것을 굳이 고집할 필요가 없다.

기리 하는 스타일도 바꾸고 선을 잡게 되면 패를 돌리는 방식이라도 바꿔라. 정 안 되면 옆 사람과 자리라도 바꿔서 분위기 전환을 해야 한다.

버스 승무원으로서 우리는 앉는 자세부터 승객을 대하는 태도까지 바꿀 수 있는 것이라면 뭐라도 바꿔 살아남아야 한다.

07 : 반복 교육의 힘

시내버스 승무원을 대상으로 교육하는 업무를 하다 보니 지역별 차이가 있음을 보게 된다.

일단 준공영제를 실시하는 지역과, 준공영제를 실시하지 않는 지역은 근무환경, 급여조건 등 많은 부분에서 차이가 나지만 교육에서도 차이가 크다.

준공영제를 실시하지 않는 지역의 경우는, 승무원들에게 실시하는 교육시간 자체가 적다. 법적으로 반드시 실시하는 보수교육 이외의 교육은 엄두도 내지 못하는 상황이다.

법정의무교육 조차도 제대로 실시하지 못하는 경우도 있다.

서울시의 경우 2004년도 전국에서 가장 먼저 준공영제를 도입했고, 버스중앙차로제 실시, 노선조정, 환승시스템 등 근무환경이 많이 개선되었다. 대한민국의 수도이자 메트로 시티인 서울의 대중교통을 책임지는 입장이다 보니, 교육을 받을 기회도 여타 지역에 비해 많다.

내가 처음 서울시 시내버스 승무원 대상의 교육을 한 것이 2006년도인데, 해마다 조금씩 교육 시간을 늘려왔고, 전국적으로 가장 높은 교육 수준을 자랑하고 있으며, 교육 태도 또한 가장 좋다고 할 수 있다.

부산시 시내버스는 한동안 보수교육 이외의 별도로 교육을 하지 않다가, 2016년도부터 부산 행복버스 프로젝트를 진행하며, 자체 친절서비스 교육을 하고 있다.(개별적으로 교육을 실시한 회사는 있었지만 전 조합사가 일괄적으로 기준을 정해 실시하는 교육은 2016년도에 다시 시작되었다.)

2016년도에는 상반기 1회 하반기 1회씩 강의 형태로 진행을 했다.

2017년도에는 상반기 1회, 하반기 1회 교육을 하되, 상반기에는 강의식으로 운영을 했고, 하반기에는 토론식 교육을 하였다.

2018년도에는 교육 횟수를 1회 늘려 1차는 강의식, 2차는 토론식, 3차는 상황극 형태의 교육을 했다. 토론식 교육을 할 때 인원이 많으면 교육의 효과가 떨어지니, 1회 교육 시 50명 이내의 인원으로 편성하여 교육을 진행했다. 그리고 교육의 주제를 매번 다르게 설정하지 않고 연간 교육주제를 선정하여, 같은 주제로 강의식 교육과 토론식 교육, 상황극 교육을 하도록 하였다.

2019년도에도 2018년과 마찬가지로 3회 교육을 하고 1차는 강의식, 2차는 토론식, 3차는 상황극 형태의 교육을 진행하되, 3차 교육도 많은 승무원이 참여할 수 있도록 하기 위해, 50명 이내의 인원으로 교육 인원을 편성하여 운영하였다.

2018년도 우리 회사에서 선정한 교육 주제는 '고객은 미인(미소와 인사)을 좋아해' 였고 강의 슬라이드에 '고객은 OO을 좋아해'라고 보여주고서 OO에 들어갈 적합한 단어가 무엇인지를 묻는 것으로 강의를 시작하였다.

OO에 들어갈 단어로 승무원들이 이야기한 것은 '안전', '친절', '인사', '배려' 와 같은 단어들도 있었지만 '공짜' 라는 말이 나올 때는 어김없이 승무원들이 뒤집어지는 폭소를 쏟아내며 격한 공감을 해 주기도 했다.

강의의 주제에서 요구하는 것은 '미인' 이었지만, 그것을 강의를 듣지 않고 맞추는 것은 불가능에 가까운 일이다. 강의를 준비한 강사 이외의 사람이 알아맞히기 어렵다.

1차 교육을 마치고 3~4개월이 지난 후 2차 교육을 하면서, 1차 교육과 똑같은 강의 슬라이드를 띄우고서 '고객은 OO을 좋아해' 'OO' 안에 어떤 단어가 들어가면 좋을까요? 하고 질문을 하니, 거짓말같이 처음 보는 것처럼, 1차 교육 때와 똑같은 단어들을 나열하는 것이었다.

'안전', '친절', '인사', '배려', '공짜' 까지 열 군데가 넘는 회사에서 비슷한 반응이 나온 것으로 보았을 때, 3~4개월 전에 교육한 내용에 대해 까맣게 잊어버리고, 내용을 처음 접한 사람들처럼 대답하는 것이었다.

슬라이드 쇼를 하며 'OO' 이 사라지고 '미인' 을 보여주자 ' 아! 그렇지 미인이었지. 미소와 인사였지' 하는 승무원들이 일부 있었고, 많은 승무원은 그것조차도 처음 보는 것처럼 반응했다.

3차 교육을 할 때도 처음 장표는 1차와 2차에 사용했던 것과 똑같은 장표를 사용하고 강의가 시작되면 '고객은 OO을 좋아해' 여기 'OO' 안에 들어갈 적합한 단어는 무엇인지를 묻는 것으로 강의를 시작할 마음을 먹고 있었는데 그럴 필요가 없어졌다.

승무원들이 한 사람씩 강의장에 들어오며 '어 또 미인이네' 하고 강사의 의도를 알아차리고 말씀들을 해 주는 것이었다. 승무원 중 '오늘은 무슨 교육이래?' 하며 자리에 앉는 사람이 있으면

'미인 몰라? 지난번에도 했잖아. 강사님 이 친구는 과외 교육이라도 받아야 할 것 같습니다.' 하며 핀잔을 주기도 했다.

1년이 지나 2019년 9월에 다시 한 번 물어보았다. 작년에 했던 교육에서 '고객은 OO을 좋아한다' 고 했는데 OO 안에 어떤 단어가 들어갔는지 기억나세요? 하고 묻자 몇 분이 바로 '미인' '미소' 라면서 대답을 해 주었다.

사실 난 반복 교육이라는 단어에 대해 그다지 긍정적인 이미지를 가지고 있지 않았다.
주제가 부족해 했던 이야기 또 하는 것이라는 생각을 했고, 똑같은 이야기는 아무리 좋아도 지겨울 것이라는 생각을 하고 있었기 때문이다.
그런데 반복 교육이 인지에 얼마나 도움이 되는지를 경험하곤 생각이 많이 바뀌었다.

16년간 기억을 연구했던 독일의 심리학자 헤르만 에빙하우스(Ebbinghaus ; 1855~1909)의 연구에 의하면, 학습 후 10분 후부터 망각이 시작되며, 1시간이 지나면 50%, 하루가 지나면 70%, 한 달 뒤에는 80%가 망각된다. 이를 그래프로 그리면 아래와 같다.

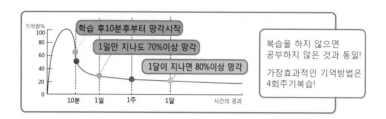

배운 것을 기억하지 못했다고 낙심할 필요가 없다. 누구나 배우고 10분이 지나면 망각하기 시작한다. 1시간이 지나면 70% 이상을 잊어버린다. 시간이 더 흐른다면 망각의 정도는 더 심해질 것이다.

중요한 것은 자주 접하게 되면 기억을 하게 될 확률이 높아진다는 것이다. 4회 이상 학습을 하는 것이 기억하는 데 도움이 된다고 하니, 우리 삶에 있어서 중요한 것들은 4회 이상 반복하여 학습하고 접하는 것이 필요하다.

우리에게 가장 중요한 일은 반복적으로 하는 일이다.

잠을 자는 일, 밥을 먹는 일, 가족들과 시간을 보내는 일, 출근하는 일 등은 매일 반복하기에 잇는 일이 없다.

중요한 것은 반복해서라도 기억을 하자.

08 : 이겨도 지고 져도 지는 게임

게임에는 상대가 있다. 또한, 승패가 존재한다. 게임은 대체로 재미있다. 그래서 밤새는 줄도 모른다.

게임을 하게 되면 승자도 있고 패자도 있기 마련이다. 이런 게임을 제로섬 게임이라고 한다.

제로섬(zero sum game)은 게임이나 경제 이론에서 여러 사람이 서로 영향을 받는 상황에서 모든 이득의 총합이 항상 제로 또는 그 상태를 말한다. 이기는 편과 지는 편이 갈리는 일반적인 게임이 여기 해당한다.

그런데 패자는 없고 승자만 존재하는 게임도 있다. 이른바 윈윈 게임(win win game)이다. 회담이나 협상을 할 때 양자 모두에게 이득이 되는 방안을 선택하는 게임이론이다.

게임이론에는 치킨게임도 있고 러시안 룰렛게임, 서바이벌 게임도 있다. 단순히 재미로 즐기는 게임만 있는 것이 아니다.

이 장에서 이야기하고 싶은 게임은 조금은 서글픈 게임 이야기다. 이겨도 지고, 져도 지는 게임에 대한 이야기이기 때문이다. '아니 이겼으면 이겼고 졌으면 진 것이지, 이겼는데도 지는 게 어디 있어?' 라고 할지 모르지만 이런 게임이 있다.

버스 승무원이 승객과 다투게 되면 대부분 이겨도 지고, 져도 지는 게임이 되는 경우가 많다.
승객과 다투는 상황에서 졌다면 따져 볼 것이 없다. 진 것이다.
그런데 승객과 다투며 상황적으로 이겼다고 하더라도, 결과적으로 지게 된다는 것이다.
이유는 승객에게는 비장의 카드가 있기 때문이다. 바로 민원이라는 카드 말이다.

민원(民願)의 사전적 의미를 찾아보면 '1) 국민이 정부나 시청, 구청 등의 행정 기관에 어떤 행정 처리를 요구하는 일 2) 어떤 구체적인 일과 관련하여 주민 개개인이나 집단이 바라는바.' 이다.

서울의 시내버스 승무원 대상으로 교육을 하며 '시내버스 승무원이 가장 싫어하는 전화번호가 뭐죠?' 하고 물으면 이구동성으로 '120번이요' 하고 답변이 돌아온다.

서울시에서 운영하는 민원상담 전화 다산콜센터의 전화번호이기 때문이다.

시민들을 대상으로 서비스를 제공하는 승무원 입장에서 민원이 발생하면 여간 골치 아픈 게 아니다.

일단은 회사에 불려가 어떤 이유로 민원이 발생했는지 사유서를 작성해야 한다. 학교 다니면서 반성문 쓰는 것은 누구나 싫어했을 것이다. 회사에 다니는 사람이 업무상 과실 등으로 시말서를 쓰는 것도 마찬가지일 텐데 버스 승무원 입장에서 사유서가 반성문이자 시말서인 것이다.

또한 구청이나 시청에 답변서를 제출해야 한다. 회사에 제출하는 사유서는 말 그대로 사유를 작성하면 끝나는 일이지만, 관공서에 제출하는 답변서는 신경이 쓰일 수밖에 없다. 왜냐하면 결과에 따라 본인은 과태료 등의 행정처분을 받게 되고, 회사는 행정상의 불이익을 받기 때문이다.

본래 민원은 '개개인이나 집단이 바라는바'를 민원을 통해 이루고자 하는 목적을 가지고 있다. 민원 자체가 부정성을 가지고 있지 않다. 그런데 민원을 제기하는 쪽과 민원을 받는 쪽의 입장은 사뭇 다를 수밖에 없다.

시내버스의 승무원은 민원을 제기하는 입장이 아니라 민원을 받는 입장이 되기 때문에 민원이라는 단어 자체를 부정적으로 인식한다.

민원을 받았을 때 승무원이 대처하는 정도에 따라 답변서 제출로 마무리가 되기도 하지만, 때로는 과태료 처분을 받게 되거나 승무 정지 등의 행정적인 책임을 지게 되는 경우가 있다.

민원을 받고 효과적으로 해결하는 사람을 보면 고수처럼 보인다.

물론 민원에 효과적으로 대응하지 못해 행정처분을 받는 경우와 비교하면 고수인 것이 맞다.

하지만 다른 각도에서 민원을 볼 필요가 있다.

아무리 효과적으로 잘 해결한다고 하더라도 민원에 대한 해명을 해야 한다. 답변서로 끝나는 경우도 있지만, 관공서에 가서 담당 공무원에게 직접 해명을 해야 하는 경우도 있다.

이런 일 하지 않고, 승무 업무만으로도 업무가 가볍지 않은데, 민원을 해결하기 위해 답변서를 작성하고 해명을 하는 것은 에너지 낭비이자 시간 낭비다. 운 좋게 해명이 되면 다행이지만,

해명이 안 되면 행정처분의 부담도 떠안아야 한다.

남는 장사라고 보기 어려운 이유다.

민원을 야기하고 효과적으로 해결하는 사람은 뭔가 실속은 없는데 시끄러운 빈 수레와 같다. 한마디로 고수가 아니라 하수란 이야기다.

그럼 민원을 야기하고 행정처분을 받는 사람은 무엇일까? 말할 것도 없이 최하수라고 봐야 한다.

승무원의 근무 특성상 아침잠을 푹 자지 못하고 새벽에 일어나 일을 하거나, 새벽이 다 되어서야 퇴근하는 고단한 일을 하면서 민원을 야기해 본인 피곤하고, 금전적으로도 손해를 보는 사람은 하수 중에서도 최하수에 해당한다고 봐야 한다.

물론 독특하거나 무례한 승객을 만나서 받게 되는 민원은 제외해야 한다.

본인 기분에 따라 민원을 제기하거나 본인이 원하는 서비스를 제공하지 않았다고, 민원을 제기하는 것까지 예방하는 것은 어려울 것이다. 여기서는 그런 특이한 민원을 제외한 일반적인 민원을 이야기하는 것이다.

잊지 말자

민원은 받고 나서 효과적으로 해결하는 것이 중요한 것이 아니라 사전에 예방하는 것이 중요하다.

민원을 사전에 예방할 줄 아는 사람. 이런 사람을 고수라 부를 만 하다.

09 : 사람은 자기가 옷 입은 것처럼 행동한다

'옷이 날개다'라는 말이 있다. 꾸미는 것에 따라서 사람이 달라 보일 수 있다는 뜻으로, 어떤 옷을 입느냐에 따라 사람이 달라 보인다는 말이다.

요즘은 모든 버스 회사에서 근무복을 지급하고 근무복 착용을 의무화하고 있다. 같은 근무복을 입고 있지만 다르게 보이는 경우가 많다.

똑같은 옷이라도 어떻게 입느냐에 따라 얼마나 차이가 나는지를 극명하게 보여주는 사례가 있다.

대한민국 남자들이 20대의 나이에 대부분 경험하게 되는 군대 이야기다.

과거 내가 군에 입대했을 때 2벌의 군복을 지급해 주었다. 아마도 세탁이 필요할 때 번갈아 가면서 입으라는 취지로 2벌을 지급한 것 같다. 그런데 군인들은 2벌 중 1벌만 입고 1벌을 따로 보관한다. 물론 1벌만 입는다고 해서 세탁도 하지 않고 입는다는 의미는 아니다. 전역하는 선배들이 물려 준 군복과 지급받은 군복을 번갈아 가면서 입고 '일계장'이라고 불리는 군복 1벌은 따로 남겨 두었다는 의미다.

그럼 따로 보관한 1벌의 군복의 용도는 무엇일까? 그것은 바로 휴가나 외박 등 부대 밖으로 나올 때 입는 용도로 따로 구별한다.

휴가 일정이 잡히면 며칠 전부터 꺼내서 군복을 다리는 모습을 내무반에서 어렵지 않게 볼 수 있었다.

그렇게 정성스럽게 다린 군복을 입고 군인들이 휴가나 외박을 나와 어떤 행동을 하느냐 하면 잘 다려진 군복과 같이 행동을 한다.

전역한 후에도 예비군 훈련을 받을 때 군복을 다시 입게 되는데, 예비군 훈련을 받을 때도 군복을 다려 입을까? 물론 아니다.

어디에 두었는지도 기억나지 않는 옷을 찾아, 대충 털어 입고 예비군 훈련에 참여한다. 예비군 훈련에 참여한 사람은 어떤 행동을 하나?

휴가 나온 군인과 같은 행동을 할까? 물론 아니다.

예비군처럼(?) 행동한다. 한 마디로 구겨진 군복처럼 행동한다는 것이다.

같은 옷이지만 어떤 마음으로 어떻게 입느냐에 따라 옷 입은 사람의 행동이 달라지는 것이다.

사람은 옷을 입을 때, 옷과 같은 마음가짐을 입는다고 봐도 무방하다.

승무원이 운행 전 근무복을 입는 것은, 단순한 근무복 차원이 아닌 마음가짐을 입는 것이다,

회사에서 지급한 똑같은 근무복이라고 하더라도 세탁 상태가 어떤지, 다려서 입었는지에 따라 다른 옷처럼 느껴질 수가 있다.

옷을 입을 때 첫 단추가 잘 끼워져야, 마지막 단추까지 잘 끼워지게 된다.

근무복을 입는 사람의 마음가짐이 근무복을 입을 때 끼우는 첫 단추인 것이다.

옷의 심리학을 아주 교묘하게 활용했던 예가 있다.

바로 2차 대전 당시 나치 독일의 복장이다. 지금도 명품으로 알려진, 휴고 보스(HUGO BOSS)가 디자인한 나치의 군복은 7~80년이 지난 지금도 패션 감각이 뒤처지지 않을 정도로 세련됐다.

나치는 정권을 잡고 난 이후 베르사유 조약을 일방적으로 파기하고, 군대를 새롭게 재건하면서 독일군에게는 자신감을 심어주고, 이웃의 적국에는 강렬한 인상을 심어줄 수 있는 상징이 필요했는데, 이때 휴고 보스가 납품한 유니폼에 크게 만족하게 되어, 독일군의 군복을 휴고보스에 의뢰하여 제작하게 되었다.

아우슈비츠를 비롯한 많은 포로수용소에서, 유대인들을 끔찍하게 학살한 배경을 보면, 옷의 심리학이 작용했다고 한다. 앞에서 밝힌 것과 같이, 멋진 군복을 입은 독일 군인들의 자긍심은 하늘을 찌를 듯이 높았을 것이다. 반면 포로수용소에 잡혀 있는 유대인들은 자신들과 비교하면 무척이나 초라해 보였을 것이다.

게다가 나치는 포로수용소에 의도적으로 화장실을 적게 만들었다고 한다.

인간의 욕구 중 필수 불가결한 욕구를 꼽으라고 하면, 먹는 것과 자는 것 그리고, 배설하는 것이다. 먹은 후 배설의 문제는 반드시 따라오는데, 화장실을 적게 만들어 놓으면 어떻게 되겠는가?

처음엔 참을 수 있을 때까지 참겠지만, 금방 한계에 도달하게 된다. 화장실이 아닌 수용소의 구석진 곳에서부터, 배설의 문제를 해결하는 공간이 점차 확대될 수밖에 없다.

이 장면을 독일군 입장에서 다시 살펴보자.

자신들은 한없이 자긍심이 높아질 수 있도록 멋진 군복을 입고 있고, 초라한 포로의 의복을 입은 유대인은 자신이 먹은 자리에서 자고, 배설하고, 다시 그 자리에서 먹는 모습을 보게 된다. 처음 포로를 대할 때 사람으로 여기던 독일군은 점차 '이들은 사람이 아니라 개나 돼지다.' 라는 생각을 하게 된다는 것이다. 처음에 인간으로 대했던 포로를 짐승과 같이 취급하다가 어느 날 노동력을 상실하게 되면, 가스실로 보내버리는 것이 낫겠다고 생각하게 된다는 것이다.

지옥과도 같았던 아우슈비츠 수용소에서 살아남은 유대인 의사 빅터 프랭클은 자신의 저서 '죽음의 수용소에서', '삶의 의미를 찾아서' 등에서 자신이 살아남을 수 있었던 비결이 다름 아닌 자기관리였다고 이야기한다. 살아남은 사람들의 특징을 보니, 주어진 환경에 맞춰 생활하는 것이 아니라, 부족한 시간을 할애하여 빨래해 입고, 깨진 유리 조각을 이용해 면도한 사람에게는 독일군들이 함부로 대하지 않았다고 한다. 독일군 눈에 '사람'처럼 보인 것 때문이다.

단순하게 볼 수 있었던, 복장에 대한 생각이 확 바뀌게 만드는 이야기다.

과거 시내버스는 근무복을 착용하는 회사도 있었고, 근무복을 입지 않고 평상복으로 운행을 하는 회사도 있었다. 지금은 거의 모든 회사에서 근무복을 입고 근무를 한다.

하지만 근무복을 입고 운행하는 경우라도 규정대로 입지 않고 운전하는 승무원의 모습을 어렵지 않게 찾아볼 수 있다.

회사에서 지급하지 않은 조끼 등을 입는 경우,

등산복 바지 등을 입고 운전하는 경우,

정장 바지와는 어울리지 않는 샌들이나 색깔 있는 운동화를 신는 경우 등....

옷은 날개를 뛰어넘어 인격이다.

남들보다 더 나은 대우를 받고 싶은가? 그럼 복장부터 신경을 쓰도록 하라.

일본의 MK 택시는 이러한 점 때문에, 기사들의 승무 복장을 일본 최고의 디자이너인, 모리 하나에 씨에게 부탁하여 제작하였다.

모리 하나에는 일본의 대표 항공사인 일본항공의 근무복을 디자인한 디자이너다. 택시회사에서 근무복을 디자인해 달라고 했을 때 거절했다고 한다. 하지만 MK 택시의 유봉식 회장이 "항공기 조종사나, 택시 운전기사나, 승객의 목숨을 담보해 운행하고, 승객을 원하는 목적지까지 안전하게 수송하는 일을 한다는 점에서는 똑같다. 다르게 생각하지 말고 유니폼을 만들어 달라"고 몇 번이나 간청하여 MK 택시의 근무복을 디자인했다고 한다.

우리나라에도 비슷한 사례가 있다.
우리나라 최대의 버스 운송회사인 KD 그룹은, 국내 최고의 디자이너였던 고 앙드레김이 디자인한 근무복을 착용하고 있다. 국내 최고의 디자이너인 만큼 디자인 비용도 많이 들었지만

MK 택시의 경우처럼, 앙드레김도 처음에 버스 승무원의 유니폼을 디자인해 달라는 부탁을 받았을 때, 일언지하에 거절했다고 한다. KD 그룹의 허명회 회장은 거절에도 굴하지 않고 5년간의 설득을 통해 앙드레김의 승낙을 받아내, 그가 디자인한 유니폼을 승무 사원(KD 그룹의 승무원에 대한 표현)에게 지급하고 있다.

버스 승무원 유니폼을 굳이 유명 디자이너가 디자인한 것으로 입힐 필요까지 있을까 생각할 수도 있을 것이다.

KD 그룹의 허명회 회장과 MK 택시의 유봉식 회장이 최고의 디자이너가 디자인한 근무복을 입히고 싶어 했던 이유는, 멋진 디자인의 옷을 원하는 마음도 있었겠지만, 그보다는 승무원들에게 최고의 디자이너가 디자인한 근무복을 입고 일한다는 자부심을 주고 싶었던 것이 아니었을까 생각해 본다.

제대로 복장을 갖춰 입는 것은 불편하다. 하지만 복장을 잘 갖춰 입은 승무원을 대하는 승객들의 태도가 달라지기 시작할 때, 불편함은 자부심으로 바뀌게 된다.

우리의 근무복은 우리를 남들에게 표현하는 것이다. 근무복은 우리의 인격을 대변한다고 할 수 있다.

지금 우리의 인격을 한 번 점검해 보라. 덜 갖춰져 있거나 비뚤
어지지는 않았는지…

잊지 말자.
사람은 자기가 옷 입은 것처럼 행동한다.

10   : 행복버스

이 책의 제목은 'Happy Bus Day'이며 부제를 '행복버스 이야기'라고 붙였다.

행복이라는 단어는 우리가 가장 많이 듣는 단어이고 가장 바라는 단어지만, 접근하기 가장 어려운 위치에 있는 단어이기도 하다.

저자는 2013년도에 감사경영을 접하고 난 후 사람들을 행복하게 하는 일을 하겠다는 생각으로 감사행복연구소를 설립해 운영하고 있다.

누군가 이 책을 쓰는 이유가 무엇이냐고 묻는다면 주저하지 않고 '사람들이 버스를 통해서 행복해지게 할 수 있도록 하기 위해서'라고 답변할 것이다.

서울시에서는 2008년도부터 버스를 이용하는 승객을 대상으로, 시내버스 서비스 만족도 조사를 해마다 시행해 오고 있다. 버스의 실수요자인 승객의 의견을 듣고, 그 의견을 평가 결과에 반영한다는 측면에서, 의미 있는 일이라는 생각이 들지만, 평가의 대상이 되는 승무원은 불편한 심정으로 서비스 만족도를 대하고 있기도 하다.

해마다 평가 결과에 대한 보고서가 발간되는데, 보고서 앞부분에 나와 있는 서비스 만족도 조사의 목적은 '시내버스 서비스 수준 진단을 통해 시내버스회사 평가에 반영하여 경쟁적으로 서비스 품질을 향상함으로써, 시내버스를 이용하는 서울시민의 행복을 추구하는 것'이라고 밝히고 있다.

결국 시민들의 행복을 위해 서비스 만족도 조사를 한다는 이야기이다.

'부산 행복버스' 프로젝트는 부산 시내버스를 이용하는 승객이 행복할 수 있도록 해 주자는 취지로 2016년도에 시작되었다. 부산시민이 행복할 수 있도록, 출퇴근 시간대의 배차 간격을 줄이고, 쾌적하고 산뜻한 승차환경을 만들기 위해 디자인을 개선하고, 교통약자 편의시설을 확충했다. 대중교통 간 환승 편의를 위해 버스정류소와, 도시철도역 간의 이격거리를 단축하고, 명

칭을 변경하는 조치를 취했으며, 교통카드 시스템도 개선했다. 무엇보다 승객들이 빠르게 이동할 수 있도록, 서울시에서 도입해 큰 성과를 거둔 중앙버스전용차로제(BRT)를 실시하기로 했다.

시간이 갈수록 떨어지는, 시내버스의 수송분담률을, 안전하고 친절한 운행 서비스를 통해 반등시키기 위한 목적으로, '부산 행복버스' 프로젝트를 시작하게 된 것이다.

2016년도 부산광역시버스운송사업조합의 연락을 받고, 서울과 부산을 오가며 강의할 때, 어떻게 하면 버스를 이용하는 승객(시민)이 행복한 버스를 만들 수 있을까 고민했다.

승객이 행복한 버스를 만들기 위해 승무원이 할 수 있는 일을 정리해 보았다.

- 교통사고 없이 안전하게 운행하기
- 승객이 만족할 수 있게 친절하게 운행하기
- 배차 시간을 잘 지키기, 특히 첫차와 막차 시간 준수하기
- **교통법규를 잘 지키기**

기타 등등

그런데 '어떻게 승객이 행복해지는 버스를 만들까' 고민을 하

는데 문득 이런 생각이 들었다.

그렇게 하면 과연 승객들이 행복해질까?

생각대로 승객들이 행복해졌다면 그것을 어떻게 알 수 있지?

승무원들에게 물어보니 승객들에게 서비스를 잘해도 반응을 해주는 승객은 거의 없다는 것이다. 하지만 반대로 잘못하면 즉각 반응한다는 것이다.

그래서 생각을 반대 방향으로 해 보았다.

행복버스를 만들기 위해 노력을 해도 승객이 반응하지 않으면, 우리의 노력으로 승객들이 행복해졌는지를 확인하기 어려우니 반대로 접근해보자.

행복의 반대말은 무엇인가? 불행이다. 그렇다면 행복 버스의 반대는 불행 버스가 될 것이다.

그럼 행복버스가 아닌 불행버스를 만들기 위해 어떻게 하면 되는지를 정리해 보았다.

- 난폭운전으로 불안한 버스 만들기

- 사고를 내서 집에 가는 승객 병원으로 보내기(너무 잔인한가?)

- 승객이 질문을 하면 무시하거나 불친절하게 답변하기

- 배차시간 안 지키기

- 지연 운행을 하거나 앞 차량에 바짝 붙어 운행하기

– 전화 통화하며 운행하기, 음주 운행하기 등

행복 버스 만들기와는 비교도 안 될 정도로 할 수 있는 일들이

많았다.

불행버스를 정리 해 보고 나니 강의의 방향을 어떻게 잡아야 할

지 명확해졌다.

바로 불행버스를 만들지 않는 것이다.

위에서 열거한 불행 버스의 승무원에게 가장 부족한 것은 무

엇일까 고민해 보니 '자기 직업에 대한 가치관'이라는 생각이

들었다.

그래서 버스회사에서 강의 의뢰가 올 때 특별히 주문하는 주제

가 없다면, 첫 번째 강의 주제는 '운전직의 직업(가치)관'이다.

가치라는 단어를 다르게 표현하면 값어치가 된다.

자신의 직업에 대한 가치를 존중하는 것은, 자신의 직업을 비싼

것 취급하는 것과 다름없다.

반대로 자신의 직업에 대한 가치를 낮게 본다면, 이는 자신의

직업을 싸구려 취급하는 것이라 할 수 있다.

똑같은 물건이라고 하더라도 싼값을 주고 산 것과 비싼 값을 주

고 산 것은 취급하는 태도가 다르다.

명품 가방을 예로 들어보겠다.

명품 가방이 비싸다 보니 명품을 흉내 낸 가짜 가방(짝퉁)이 있는데, '명품 가방과 짝퉁 가방을 구분하는 방법이 있다'는 것이다. 평상시에 보면 명품인지 짝퉁인지 구분하기 어려운데, 갑자기 비가 오는 상황이 되면 명품과 짝퉁이 바로 구분된다.

우선 명품 가방을 가지고 있는데 비가 오면 가방을 품에 안는다. 하지만 짝퉁인 경우에는 품에 안는 것이 아니라 머리에 쓴다.

왜 그럴까? 다름 아닌 가치의 차이이다.

비가 오는데 가방을 가슴에 품는다는 것은, 내가 비를 맞을지언정 가방을 지키겠다는 강력한 의지가 발현된 것이다. 반대로 머리에 쓰는 행동은 가방이 젖더라도 나는 비를 맞지 않겠다는 표현이다.

그런데 집에서 나오며 '내가 소중하니까 가방을 머리에 쓸 거야' 혹은 '가방이 소중하니까 가방을 품에 안을 거야'라는 생각을 했을까? 아닐 것이다. 그런데 비가 올 때 계산되지 않은 행동을 하게 되는 이유는 무엇일까?

그것은 평소에 가방에 대한 나의 가치기준이 반영되었기 때문이다.

남들에게는 어떻게 보일지 몰라도 가방의 주인은 그 가방이 명품인지 짝퉁인지를 안다. 그래서 비가 내리기 시작해 급하게 조치를 취해야 하는 짧은 시간 안에, 가방을 품을지 쓸지에 대한 결정을 내리게 되는 것이다. 평상시 가방에 대해 어떤 가치기준을 품고 있었는지가 행동의 기준이 된 것이다.

이와 마찬가지로 우리는 자신의 일에 대해서도 본인 나름의 가치기준을 가지고 있다.

버스를 운행하며 안전과 친절 서비스 부분에서 완벽을 기하기는 어려울 수 있다. 하지만 기본적인 마음가짐은 본인이 선택할 수 있다.

행복 버스를 운행할 경우 우리 버스에서는 아무런 일이 벌어지지 않는 것처럼 여겨질 수 있다.

어쩌면 당연히 버스 승무원이 해야 하는 일처럼 여기고 하루가 지나갈 것이다.

하지만 불행 버스를 운행한다면 이야기는 달라진다.

학교에 갈 사람이 병원에 가게 되고, 집에 안전하게 퇴근해야 할 사람이 인생의 퇴근을 하게 되는 경우도 있다. 활기차게 하루를 시작해야 하는 승객들이 기분이 나쁜 상태에서 하루를 시작하게도 되고, 하루 종일 학교에서 일터에서 피곤한 사람들이 짜증이 더해지는 버스를 경험하게도 된다.

우리가 이용하는 버스가 행복 버스가 되는지 불행 버스가 되는
지의 열쇠는, 버스 승무원도 가지고 있지만, 버스 승객도 동시
에 가지고 있다.
서로를 배려하고 이해하는 방식으로 이 열쇠를 사용한다면, 우
리의 버스는 우리가 바라는 행복 버스가 될 것이다.

행복버스를 위하여!
해피 버스 데이 투유!
Happy Bus Day!

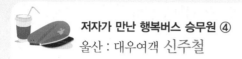
신주철 승무원은 어려서부터 꿈이 버스 승무원이 되는 것이었다. 이유는 다름 아닌 버스 승무원이 큰 차를 운행하며 이곳저곳을 돌아다니는 것이 멋있어 보였고 무엇보다 제복을 입은 버스 승무원의 모습은 어렸을 적 동경의 대상이었다고 한다.

울산이 광역도시이기는 하지만 시 외곽지역은 도시의 느낌이 덜하다. 외곽지역을 운행하는 노선을 배차 받아 오랜 시간 일을 하다 보니 승객들과 친숙해지고 얼굴 보면 인사를 하며 안부를 묻는 관계가 되었고 지금은 쉬는 날 동네에 놀러 가 지역 주민(승객)들과 커피도 함께 마시며 개인적인 친분도 쌓고 버스운행의 개선점도 청취해 회사에 건의를 하기도 한다.

2012년 입사를 해 올해가 10년차인 신주철 승무원은 버스 승무원으로서 가장 보람 있었을 때를 묻자 주저하지 않고 저상버스 운행하며 있었던 일을 꺼낸다. 휠체어를 탄 장애인을 태우려고 저상버스 리프트를 작동시키는데 고장이었다. 승무원 혼자서 휠체어를 옮기기에는 무리가 있어 난감해 하고 있었는데 승객들에게 도움을 부탁하니 모두들 자기일처럼 도와주어 장애인 승객을 승차시켰고 하차 때에도 승객들의 도움으로 안전하게 내려드릴 수 있었다. 평소 버스운행을 하며 시민들에게 봉사한다는 생각을 가지고 있었지만 이 날의 경험은 신주철 승무원이 뭔가 대단한 일을 하는 사람처럼 느껴지는 특별한 경험이 되었다.

신입 승무원 시절 버스 승무원으로서 잘 해야겠다는 생각은 있었지만 남들과 크게 다르지 않은 일상적인 승무원으로서의 일을 하고 있었는데 TV에서 서울의 친절한 버스 승무원을 소개하는 방송을 보게 되었다. 서울은 많은 승객들을 태우기 때문에 여유가 없을 것이라 생각하고 있었는데 화면속의 승무원은 버스에 올라타는 승객들에게 한 분 한 분 인사를 하며 여유있게 승하차를 유도하는 모습이 인상적이었다고 한다. 그날부터 신주철 승무원은 버스 승무원으로서 3가지 다짐을 매일 하게 되었다. 3가지 다짐은 다름 아닌 '여유있는 마음' '양보하는 마음' '배려하는 마음' 이라고 한다.

경상도 사나이 특유의 무뚝뚝함이 신주철 승무원에게도 있었는데 이날 이후 승객들이 타고 내리는 것을 여유를 가지고 바라보게 되었고 지금도 어색하지만 승객들을 향해 미소를 지으려 노력을 하고 있단다.

본인도 승무원이지만 버스 승무원에게 가장 부족한 부분으로 여유를 가지고 운행하는 것을 꼽는다. 물론 배차시간이 촉박하기 때문에 여유를 가지기 어려운 경우도 있지만 솔직히는 승객에 대한 배려가 부족하기 때문이라고 생각을 하고 있다. 그래서 신주철 승무원은 승객들에게 기다려 드릴테니 천천히 내리라는 말을 자주 한다고 한다. 그렇게 하다 보니 승객들로부터 "아저씨는 다른 승무원들과 다르네요. 왜 천천히 내리라고 해요?"라는 이야기를 자주 듣는다고 한다.

승객들에게 여유를 주는 이유가 무엇인지 묻자 예전에 비해 회사에서 배차시간의 여유를 주고 있어 급하게 운행할 이유가 없고, 설령 배차시간이 촉박하더라도 내가 5분 덜 쉬지 하는 마

승객 한 분에게 친절하게 인사하는 신주철 승무원

음으로 운행을 한다며 실제 운행을 해 보면 여유를 주는 것 때문에 쉬는 시간이 크게 줄어들지도 않았다는 말을 덧붙인다.

버스를 운행하는 입장이다 보니 타 지역이나 해외에 나갈 기회가 거의 없기는 하지만 울산을 벗어나면 가급적 버스를 많이 이용하며 승객의 입장에서 무엇이 필요한지에 대해 생각하는 시간을 많이 갖는 신주철 승무원에게 가장 인상적인 장면을 물으니 대만에 갔을 때 버스가 여유있게 운행하던 모습이 인상적이었다며 우리나라 버스도 속도를 제한하고 배차시스템에 변화를 주게 되면 급하게 운행하는 버스의 모습이 많이 바뀔 것이라며 사고도 획기적으로 줄어들 수 있을 것이라 이야기한다.

가장 힘들었을 때는 언제였는지 물었더니 없다고 했다가 생각난 듯 음주를 하고 승차하는 승객이 가장 힘들다고 했다. 가끔은 승객에게 맞기도 한다며 몸을 떠는 모습을 보이기도 했는데 한 번은 술 취한 승객이 고액권을 내길래 잔돈이 없으니 다음에 내시라고 했더니 기분이 나쁘다며 보호격벽을 세게 치며 소리를 지르는 등 소란을 피워 곤란했던 적이 있다고 한다.

버스 승무원으로서 포부는 퇴직할 때까지 사고 없이 안전하게 운행하는 것으로 자신이 운행하는 버스를 이용하는 승객들이 하루 하루를 편안하게 보내고 행복했으면 좋겠다는 이야기를 한다.

"그래서 나는 내가 하는 일이 참 좋다."

직업선택의 기준

나는 직업선택에 있어 3가지 뚜렷한 기준을 가지고 있다.

1. 좋아하는가?

2. 잘하는가?

3. 옳은가?

내가 존경하는 김동호 목사님 설교에서 배운 것인데 한 번 들었는데도 잊어버리지 않고 기억하고 있다.

첫 번째 기준은 '좋아하는 일'인지를 묻는 것이다. 사람은 누구나 좋아하지 않는 일을 지속해서 하기가 어렵다. 좋아하는 것은 밤을 새우면서도 할 수 있다. 직업은 한 번 정하면 오랜 시간 동안 해야 하는데, 먹고 살기 위해 좋아하지도 않는 일을 하게 되면, 성과도 안 나지만 먹고 살기 위해 원하지 않는 일을 하는 인생이 초라해질 것이다.

두 번째 기준은 '잘하는지'를 확인해야 한다. 첫 번째 기준인 좋아하는지에 대한 물음에 답했다고 해서 모두 잘하지는 않는다. 좋아하고 잘 할 수도 있지만, 좋아하지만 잘하지 못하는 경우도 있기 때문이다.

좋아하는데 잘하지 못 하는 일은 직업보다는 취미로 하는 것이 맞겠다.

야구를 좋아한다고 해서 모두 다 야구선수가 될 수는 없다. 야구를 좋아하고 야구를 잘한다면 야구선수가 되는 것을 직업적으로 선택할 수 있다. 하지만 야구를 좋아하는데도 잘하지 못한다면 직업보다는 취미로, 사회인 야구선수를 하거나 특정 팀의 팬으로서 야구를 즐길 수는 있다.

마지막 기준은 옳은지를 물어야 한다. 첫 번째 기준과 두 번째 기준이, 좋아하고 잘한다고 직업으로 선택하게 되면 위험한 일이 벌어지기도 한다.

예를 들어 도박을 좋아하는 사람이 있다고 치자. 그런데 이 사람이 도박을 잘하기도 한다. 도박하는 일을 직업으로 선택해야 할까? 아니다. 이유는 옳은 일이 아니기 때문이다.

나는 남들에게 나의 의견을 말하는 것을 좋아한다. 나의 직업이 강사이니 첫 번째 기준은 통과한 셈이다.
20여 년 전 '어떤 일을 하면서 살고 싶냐'는 물음에 남들에게 동기부여 하는 일을 하고 싶다고 이야기를 한 적도 있다.

두 번째 기준에도 통과할 수 있을 것 같다. 군대에서 군종병 생활을 했다. 대대 군종병이었는데, 연대에 목사님이 한 분 계셨기 때문에, 한 달에 한 번 목사님이 오시는 시간을 제외하고는, 대대 교회에서 주일예배와, 저녁예배, 수요예배 등의 설교를 도맡아서 해야 했다. 예배 시간에 설교하고 나면 고참들이 와서 칭찬을 많이 해 주었다.
"김군종 네가 하는 설교는 알아듣기가 쉬워"
나는 이 말이 참 좋았다. 남들 앞에서 말하는 것에 대한 자신감을 가지게 해 주었다.
강사로서 생활하면서도 많은 분이 비슷한 이야기를 해 주신다.

마지막 기준이 옳은지를 묻는 것인데 이 부분도 어려움이 없다.
비록 나의 논리이기는 하지만 누군가에게 강의를 통해, 긍정적인 영향력을 끼치는 일을 하고 있다. 어쩌면 나의 강의를 통해 누군가 용기를 얻기도 하고, 누군가는 위로를 받기도 한다. 교통안전 교육을 통해 사고라도 한 건 줄일 수 있다면, 누군가의 생명을 살리는 일을 하는 것이다.

그래서 나는 내가 하는 일이 참 좋다.

2020년은 코로나 19로 인해 개점휴업이나 마찬가지였다. 물고기가 물을 떠나 살 수 없는 것처럼, 강사는 강의 현장을 떠나 살면 안 되는데, 대면해서 모일 수가 없으니 어쩔 수 없이 근 1년간 강의 할 일이 거의 없었다. 다행히 점차 온라인 강의가 확산되면서 온라인 강의 시스템을 익혀 점점 강의기회를 늘리고 있다.
코로나 19 문제는 치료제가 나오고, 백신이 보급되면서 잠잠해지겠지만, 또 다른 바이러스나 균으로 대면할 수 없는 상황이 올지 모르겠다.

좋아하는 일인데, 잘하는 일인데, 옳은 일인데 할 수가 없었다. 그래서 책을 쓰는 일에 몰두할 수 있었다.

역설적이게 책의 제목이 Happy bus day(행복버스 이야기)이다.

행복에 대한 이야기를 하고 있다.

좋아하는 일을 잘하면서, 그 일이 남에게 도움이 되는 옳은 일이라면, 일을 통한 행복이 가능할 것 같다.

2022년에는 코로나를 훌훌 털어 버리고, 일상이 행복이라는 생각으로 버스 승무원도 승객도 모두가 행복했으면 좋겠다.